KB193368

날아다니는 별

날아다니는 별

손성일 글

개미

끝나지 않을 것 같은 코로나가 마침표를 찍을 것 같습니다. 거리두기 해제가 되었으니까요. 앞으론 마스크에서도 해방이 되겠죠.

나는 환란의 원인이 사람의 욕심이라고 봅니다. 그간 지구를 얼마나 파괴했습니까. 부메랑이 되어서 돌아온 거지요. 그러나 또다시 잊고 지구를 못살게 한다면 반복될 겁니다. 그러니 재앙을 기억하고 항상 지구를 사랑하는 마음을 지녀야 합니다. 다행히도 사람들 사이에서 환경을 보호해야 한다는 자각이 생겨났습니다. 텀블러를 가지고 카페에 가는 사람이 있으니까요.

이 동화 속에 자연보호라는 주제의 내용이 있습니다. 비단 자연만 문제겠습니까. 세 모녀 사건이 생생히 기억나는데 얼마 안 있어 모자가 생활고로 극단적 선택을 했다고 합니다. 그러나 낡은 집이 있다는 이유로 생계비는 받지 못했어요. 세상엔 풀어야 할 많은 난제가 있습니다.

이 책이 답이 될 수 없겠지만, 이정표가 되리라는 희망이 있습니다.

모쪼록 모든 사람의 가슴에 행복만이 가득하길 바랍니다.

2022년 7월
손성일

차례

할아버지의 첫사랑

부산대 4번 출입구에 자리한 김씨네 구둣방, 지붕 위로 살포시 벚꽃이 떨어져요. 손님 하나 겨우 앉을 만큼 작지만, 할아버지가 친절하고 기술이 좋아서 손님이 많았어요.

할아버지는 점심시간도 잊고서 수선에만 집중했어요. 그러자 밍밍이가 "야옹!" 점심시간을 알렸어요.

"또, 깜빡했네! 고맙구나!"

그리 말한 후 오른 주먹으로 허리를 두드리며 가게

문을 여는데 한 여자아이가 서 있었어요.

"할아버지! 할머니가 오시래요."

할아버지는 활짝 웃는 수정을 보자 피곤이 싹 날아갔어요. 그러나 손을 저었어요.

"됐다! 폐 끼치기 싫다."

그런데도 수정인 할아버지의 손을 잡고 끌어요.

"할머니가 꼭! 데려오래요!"

밍밍이도 가자고 보채요.

"됐다니까!"

거듭된 할아버지의 거절에도 막무가내인 수정이. 결국 할아버지가 손을 들었어요.

"알았다! 알았어!"

"할아버지 왔어요!"

식당에 수정이 목소리가 퍼지자 주방에서 하얀 조리복을 입은 할머니가 나왔어요.

"어서 오세요."

할머니는 할아버지에게 공손히 허리를 숙였어요.

할아버지가 미안한 미소를 보여요.

"매번, 이러시면 곤란합니다."

"그러지 마세요! 우리 손녀에게 해준 것에 비하면 이 정도는 작죠."

할머니는 미소를 지었어요. 그리고선 밍밍이의 먹이를 챙겨주었어요.

"옜다! 맛나게 먹어라!"

그러자 밍밍은 혀를 날름거리며 만족스럽게 먹어요.

할아버지는 그런 밍밍을 보며 너털웃음을 보였어요.

"음식이 먹고 싶어 보챘구나!"

식사를 마친 수정과 밍밍은 벚나무 밑에서 활짝 핀 벚꽃을 만지려고 콩콩 뛰었어요. 그러나 수정은 앉았다 일어서기를 반복할 뿐, 땅에서 1cm도 떨어지지 못했어요. 얇고 짧은 다리로는 가능하지 않은 것이었어요.

그 모습을 할아버지가 측은히 보았어요.

"얼마나 뛰고 싶을까! 건강하게 태어났으면 좋았을 것을, 쯧쯧!"

결국, 할아버지의 눈시울이 빨개졌어요.

할머니가 주방에서 나오자 할아버진 얼른 눈물을 닦아요.

"수정 댁의 음식은 언제나 푸짐해요. 하하!"

할아버지의 칭찬에

"맛있게 먹어주니 저야 고맙죠!"

할머닌 엷은 미소를 지었어요.

할아버지는 손녀의 부모에 관한 것과 홀로 키우게 된 이유는 묻지 않았어요. 아픈 상처를 꺼내는 것 같아서예요.

"아이고 허리야! 이젠 몸도 마음도 쉬라고 하네요. 하긴 50년째이니까요."

할아버지는 힘든 한숨을 쉬었어요.

"무슨 말씀을! 아직 손님이 많은데……."

할머니는 말하며 맞은편에 앉았어요.

할아버지와 수정의 인연은 3년 전이었어요. 그때도 벚꽃이 아름다움을 자랑했죠.

그날도 할아버지는 구두 수선에 집중했어요. 그런데

'드르륵' 문 여는 소리가 나더니

"구두를 수선해 줄 수 있나요?"

할머니가 부탁했어요.

"그럼요! 어느 구두인가요?"

할머니가 손녀의 발을 보여주며 말해요.

"우리 손녀의 오른쪽 다리가 짧아요. 다리 길이에 맞춰주세요."

할머니의 목소리가 촉촉했어요.

할아버지는 당황했지만 여자아이가 측은해 고개를 끄덕였죠.

"치수 재자!"

수정이는 빨개진 얼굴로 짝짝이 다리를 보였어요. 할머니 외에 다른 사람에게 보이는 건 처음이니까요. 여태껏 할머니의 눈짐작으로 사 왔지만, 이제는 안 되었어요. 그러나 다리 길이를 맞춰주고 싶은 게 본심이었죠.

할아버지는 꼼꼼히 치수를 재었어요.

"이제 다됐다!"

할아버지는 수정을 보며 '씽긋' 웃어요.

"감사합니다."

할머니는 공손히 인사했어요.

어느덧 밤이 깊었어요. 이 시간이면 단꿈을 꾸었겠
지만, 이날은 특별한 손님을 사랑한 구두 수선 소리로 가
득했어요.

사흘 후. 구두가 완성됐다는 전화에 할머니와 수정인
할아버지께 갔어요.

"구두 신어보렴!"

할머니의 말에 수정이는 구두를 신었어요. 처음인데
도 폭신폭신 편안했죠.

"엄청 좋아요!"

그리 말하며 '콩콩' 뛰었어요.

"휴! 다행이구나!"

할아버지의 피로가 '싹' 날아갔어요.

"얼만가요?"

할머니는 꼬깃꼬깃 접었던 지폐를 내밀었죠.

"그냥 가세요."

할아버지는 고개를 흔들었어요.

"아닙니다! 값은 치러야죠. 그래야 제 마음이 편합니다."

그러자 할아버지는 "밥 한 끼 사세요!" 껄껄 웃었어요.

할아버지가 말해요.

"나도 쉬고 싶어요. 그래도 수정이의 구두는 힘닿는 대로 수선해 주리다."

그리 말하고선 정말로 문을 닫았어요.

할아버지는 꿈을 꾸었어요.

"돌칠아!(할어버지의 젊은 적)"

순자의 환한 웃음에 돌칠은 손을 흔들어 반겨요.

"순자야!(할머니의 젊은 적)"

둘은 개울에서 노래도 부르고 산딸기도 먹고, 처음으로 순자와의 행복한 시간을 보냈어요. 돌칠은 이 행복

영원할 줄 알았죠. 그러나 한 사내가 오더니 순자를 데리고 도망치듯 달렸어요.

"거기서! 거기서!"

돌칠은 절박하게 불렀어요.

밍밍이가 할아버지를 깨워요.

"야옹!"

"꿈이었구나! 휴!"

할아버지는 안도의 한숨을 쉬었어요.

'평소 안 보이던 순자가 어찌 보였을까?'

할아버지는 전등을 올려다보았죠.

할아버진 아침이 되자 수정에게 갔어요.

벚꽃을 잡으려고 '콩콩' 뛰던 수정이가 할아버지와 밍밍을 보며 환희 웃었죠.

"할아버지! 밍밍아! 안녕!"

"신발은 편하니?"

할아버지의 물음에 수정은 고개를 끄덕였어요.

그리고 구두의 그림을 자랑했어요.

"예쁘죠!"

할아버지는 그림을 보았죠. (새 같은 것이 네 잎 클로버를 물었어요.) 그러나 어디선가 본 듯한 그림이어서 자세히 살폈어요.

"아!"

첫사랑 순자에게 그려준 그림이었죠.

할아버지가 다급하게 물어요.

"누가 그렸어?"

"할머니가 그렸어요. 행운이 있다고!"

"할머니가!"

할아버지의 심장이 콩닥거렸어요.

이 그림은 순자에게만 가르쳐 준 특이한 화풍(엉성한 그림)이라 그 누구도 똑같이 못 그려요. 있다면 첫사랑 이겠지요.

할아버진 잰걸음으로 식당에 가요.

'설마!'

수정은 궁금한 눈으로 달리는 할아버지를 보았어요.

"헉! 헉!"

할아버지의 호흡이 고르지 못해요.

"웬 호흡이 그리 가빠요? 식사하러 오셨어요?"

할아버지는 서서 할머니의 얼굴을 자세히 보았어요. 얼핏 젊은 적 모습이 보였죠.

할아버지가 흥분을 감추려고 너스레를 떨어요.

"할멈을 보려고 달려오느라 숨이 찼소!"

할머닌 할아버지에게 말해요.

"일단 의자에 앉아요."

"이젠 지난 이야기는 터놓을 사이도 되지 않았소!"

할아버지가 말했어요.

의자에 앉은 할머니가 물어요.

"평소엔 묻지도 않으시더니만."

"일을 그만두니 잡생각만 들더이다."

"한 많은 인생 들어서 뭣하려고요?"

"죽기 전에 털어놓으면 저승 가는 길 편하잖소!"

"우리 손녀가 걱정돼 죽는 것이 두렵습니다."

할머니의 눈동자에 근심이 가득했어요.

"수정이 부모는 어찌 됐소?"

할아버지는 조심스레 물었어요.

"아범이 암으로 죽던 그날로 도망가더이다. 온전치 못한 딸을 버리고서요. 모진 년!"

할머니는 분노하며 떨었어요.

"괜한 걸 물어봤소."

할아버지는 미안해했어요.

"아닙니다! 이년 팔자가 사나운 거지요."

할머닌 긴 한숨을 내쉬었죠.

"그나저나 수정이 구두의 그림은 뭐요?"

할아버지가 눈을 반짝거리며 물었어요.

"호호! 풋사랑의 흔적이랄까요. 이젠 기억도 안 나요."

할머니의 마음이 녹았어요.

"들려주지 않겠소!"

할아버지는 할머니를 빤히 보았어요.

"조용하신 분이 오늘따라 왜 이러시나요? 애도 아니고. 결혼 안 한 게 후회되세요."

할머니의 말에 할아버지의 얼굴이 빨개졌어요.

"수정에게 잘해 준 보답으로 해 주는 거예요."

할머니는 미안했던지 추억을 들려주었어요.

할머니의 고향은 산과 냇물이 어우러진 자그만 시골이었어요. 냇물을 그냥 마셔도 될 정도로 맑고 깨끗했으며 곱고 어여쁜 산새와 꽃들이 아름다움을 자랑하는 마을이었어요. 게다가 사람도 자연을 닮아서 집마다 숟가락과 젓가락이 몇 개인지 알고 대문을 활짝 열어놓아도 될 정도로 착하고 순박한 사람들이었어요.

순자(할머니)는 맑고 착한 사람들의 사랑을 듬뿍 받는 예비 신부였어요.

"순자야! 잘살아야 한다."

순자의 어머니가 훌쩍여요.

"아랫마을로 가는 건데요."

순자는 애써 담담히 말했어요.

"순자야!"

부르는 소리에 문을 열었어요.

"돌칠아!(할아버지) 왜?"

"네가 시집간다기에 이거 주려고."

돌칠은 애써 밝게 말하며 그림을 주었어요.

"어머! 고맙다."

순자의 눈에 눈물이 고였어요.

"행운이 있을 거야."

돌칠도 훌쩍였어요.

돌칠은 순자를 짝사랑했어요. 그러나 용기가 없어서 머뭇거리기만 했을 뿐 고백은 못했어요. 순자를 그림자처럼 지켰을 뿐이었죠. 무거운 짐을 들어주고 밤길을 같이 걸어주고 온갖 어려운 일도 도왔어요. 그렇지만 자신의 감정을 말하지 못하여 할아버지 마음을 알 수 없었던 순자의 부모가 혼담을 약속해 버렸어요. 그 소식을 들은 돌칠은 밤새 울었죠.

다음날 마지막으로 그림을 주고서 떠났어요. 김순돌로 계명도 했죠. 모든 걸 잊고 새로이 출발하려는 것이지요. 평생 결혼도 하지 않았죠.

"그럼, 잘 사셨소?"

할머니는 고개를 저었어요.

"그림이 거짓인가 봅니다. 6.25가 나서 남편은 죽었고 간신히 애만 낳아 키웠어요."

할머니의 눈물을 본 할아버지가 자책했죠.

'내가 용기를 내어 결혼했더라면 지금보다 낫지 않았을까.'

"갖은 고생은 다하면서 아들을 키웠건만, 손녀가 장애라니."

할머니는 손녀를 걱정했어요.

"그럼, 행운도 없는 그림은 왜 그렸소?"

할아버지는 물었어요.

"손녀가 행운이 있길 바란 거지요."

할머니는 말하고서 긴 한숨을 쉬었어요.

할머니가 물어요.

"할아버지는 어찌 혼자세요?"

"첫사랑을 잊지 못해서지요."

할아버지의 얼굴이 빨개졌어요.

"엄청 예뻤나 보군요."

"예뻤죠! 세상을 덮을 만큼!"

"순정파가 여기에 있었네요. 호호!"

"이 나이에 순정은!"

할아버지는 창피함을 감추려고 가게를 나왔어요.

마침 수정이가 빨개진 할아버지와 마주쳤어요.

"땅에 떨어진 벚꽃을 주웠어요. 예쁘죠?"

수정은 밝게 말했어요.

할아버지가 허리를 숙여 수정의 맑은 눈을 보며 말했어요.

"그래! 너처럼 예쁘구나!"

다운이 형

'휴~ 정말 귀찮아!'

"손 놓지 말고 꼭 잡고 따라와!"

명식이가 다그치자 명규는 고개를 끄덕였다.

'이 지긋지긋한 일 언제 끝나나?'

명식은 하늘을 보며 중얼거렸다. 그건 하늘에게 형을 돌보는 일 끝내 달라는 바람이기도 했다.

"명식아! 형 잘 데리고 다녀! 저번처럼 잃어버리지 말고."

엄마는 명식이의 가슴에 잊지 말라는 못을 박는다.

사흘 전이다.

명식은 그날 유난히 얌전한 형 덕분에 편하게 수업을 들어서 기분이 날아가듯 했다. 게다가 날씨도 화창했다. 그래서 행운의 날이라 생각해서 맑고 푸른 하늘을 감상하며 느긋하게 걸었다. 그런데 찬물을 끼얹은 일이 일어났다.

"악! 악! 악!"

형이 풀쩍풀쩍 뛰며 불안해했다.

"왜 그래!"

주변을 보니 날벌레들이 형을 자극했던 것이다 명식은 벌레를 쫓아내려고 팔을 휘저었다. 그러자 자신을 때리는 줄 알고서 더 크게 고함을 질렀다.

"괜찮아! 벌레 쫓는 거야!"

명식은 안심시키려 애썼지만 소용이 없었다. 그러다 형의 손을 놓친 것이다.

"형! 멈춰."

명식은 쫓았지만, 고불고불한 골목으로 들어가 잃어
버렸다.

"어디 간 거야!"

명식의 심장이 콩닥거렸다.

몇 시간 만에 겨우 찾아서 집으로 왔지만, 그때 생각
하면 엄마와 명식은 아찔하다.

나흘 동안의 같은 잔소리가 지겨운 명식이 "왜 나만
해야 해, 엄마는!" 하는 심통에 엄마는 "엄마는 돈 벌어
야 하잖아! 바쁘니 잔말 말고 학교나 가!"목소리를 높
였다.

"학교 가나."

주인집 할머니가 명식이 가족을 찬찬히 바라보며 인
사했다.

"안녕하셨어요! 호호!"

엄마는 할머니를 보고서 허리를 깊숙이 숙였다.

"안녕하세요."

명식도 할머니께 까닥 고개를 숙였다.

"쯧쯧!"

할머니가 자그마하게 혀를 찼다.

명식이 대문을 나오자 엄마에게 부탁했다.

"엄마! 이사 가면 안 돼!"

"왜?"

"할머니가 불쌍하게 본단 말이야!"

명식은 큰소리로 외쳤다.

"이 녀석, 조용히 해. 우리에게 저렴하게 세를 주신 착한 분이셔."

엄마는 할머니가 듣는다며 나지막이 설명했다.

'귀도 안 좋은데.'

명식이 입을 삐죽거렸다.

오늘도 사람들이 명식이 가족을 힐끔힐끔 보자 명식은 창피스러워 고개를 숙였다. 그러나 엄마는 아무렇지 않다는 듯 정면을 보며 당당하게 걷는다.

"고개를 숙이면 형을 놓치잖아! 매번 주의를 줘도⋯⋯."

엄마는 또박또박 말했다.

'엄마는 괜찮아도 나는 창피하단 말이야.'

명식은 자신의 마음을 몰라주는 엄마가 야속했다.

버스정류장에 도착한 엄마가 말한다.

"명규야! 오늘도 공부 열심히 해. 호호!"

엄마는 형에게 부드럽게 말하였다.

그러나 명식에겐 "오늘도 형 잘 돌봐!" 주의를 주었다.

"네…… 네……."

빈정거리는 명식의 태도에 엄마가 삐죽거렸다.

명식이 다니는 학교는 장애인도 함께 공부하는 통합학교다. 명식은 엄마가 통합학교로 오려고 이사까지 하신 것이고 형을 돌보라고 자신까지 전학시킨 것이라는 생각에 이르렀다. 실은 그렇지 않은데.

"명규 왔네! 명식은 항상 형을 잘 보살피고, 언제 봐도 착해! 호호!"

선생님이 명식을 칭찬하셨지만, 명식은 형에게서 자유롭고 싶다.

수업은 따분하다. 엄마는 공부를 잘해야 굶지 않는

다. 귀가 따갑도록 말씀하신다. 우리집이 가난한 건 아빠, 엄마가 공부를 못해서일까? 그러나 처음부터 가난하지 않았다.

명식의 가족은 서울서 작은 공장을 운영하는 아빠로 인하여 남부럽지 않게 살았다. 특수학교에 다니는 형은 엄마의 몫이었다. 그러나 건강이 좋지 못한 아빠의 갑작스러운 죽음으로 상황이 바뀌었다. 아빠의 죽음을 알고서 빚쟁이가 들락날락했고 집은 빨간 딱지가 붙었다.

그렇다고 울고만 있을 수는 없었다. 엄마는 모든 걸 팔고서 남은 돈으로 작은 도시로 이사했다. 이사를 끝내자마자 엄마는 형이 다닐 학교를 발이 부르트도록 찾았다. 명식은 고생하는 엄마가 안쓰러워서 "시설에 보내!" 목소리를 높였다. 그러자 엄마는 "이게!" 화를 내었다. 명식은 자신의 마음을 모르는 엄마가 야속했다.

그런 엄마에게 반가운 소식이 날아왔다. 그것도 통합학교였다. 그날 엄마는 형제를 안고 펑펑 우셨다. 서울에서는 한 번도 보지 못한 눈물이었다.

형제가 공짜로 학교에 다닌다는 걸 부러워하는 친구도 있지만, 가난해서 공짜로 다닌단 걸 알면 무시할 게 뻔하다. 선생님은 그런 점을 알고 특별한 대접을 받아 공짜로 공부한다고 하셨고 친구들도 그리 안다. 그리고 선생님의 따뜻한 관심에 명규를 놀리지도 않는다.

"이 문제 풀 사람?"

선생님의 질문에 친구들은 약속이라도 한 듯 침묵을 지켰다.

"정말 없나요?"

아무도 손을 들지 않자 선생님의 목소리가 높아졌다. 교실은 순식간에 시베리아가 되었다.

'째깍째깍'

의미 없이 시간만 흐르자 지친 선생님이 매서운 눈빛으로 "명식 나와!" 불렀다. 명식의 심장이 콩닥콩닥 뛰었다. 명식은 고개를 푹 숙이고 선생님이 주신 분필로 문제를 풀려고 해 보았지만, 돌처럼 꼼짝도 할 수 없었다. 그런 명식을 본 선생님이 "들어가!" 신경질을 냈다.

"정말 실망이다. 휴! 너는 풀 수 있으리라 믿었는데."

선생님은 명식과 친구들을 한심스러운 눈빛으로 보셨다.

'치! 서울 학교에 다녔다고 공부 잘하나!'

친구들과 나는 바짝 긴장한 채로 엄격하고 딱딱한 선생님의 수업을 들었다.

우리 형만 빼고.

"히!"

'뭐가 좋아 웃나?'

상황 파악 못하는 형이 미웠다.

"딩동~"

기다렸던 마침 종이 울렸다.

"후~"

명식은 안도했지만 "내일은 모두에게 문제지를 낼 테니 복습하세요!" 선생님의 강한 명령에 다시 고개가 내려갔다.

"명규야, 잘 가!"

선생님은 형제를 보며 방긋 인사했다.

"안녕히 계세요."

명식의 목소리가 모기만 해졌다.

"형 잘 가요!"

종식이가 형에게 웃으며 손을 흔들었다.

"종식아! 조심해서 가."

명식이의 말에 "걱정하지 마! 우리가 있으니까!" 친구들이 대답했다.

종식은 휠체어를 탄다.

'친구들과 학원도 가고 놀고 싶은데. 누가 내 마음 알아줄까? 하늘도 모른다. 아무도 모른다.'

명식은 오늘도 형에게 집까지 오는 길을 가르친다.

"이 골목에서 왼쪽이야, 이 골목에선 슈퍼마켓 보이지 저기서 오른쪽……."

동생의 설명에 명규는 고개를 끄덕이지만, 내일이면 또 가르쳐야 한다.

명식은 할아버지가 되어서도 돌봐야 하는 건 아닐까? 그러면 연애도 결혼도 못하겠지. 그러자 마음에 주름이 생겼다. 그리 심란한 마음으로 집으로 가는데 목줄 없이 활보하는 강아지가 명규를 향해 짖어대자 명규가 불안해했다. 지나가던 사람들이 가엾단 표정으로 본다. 어떤 사람은 큰소리로 "쯧쯧!" 혀를 차며 간다. 순간 명식의 얼굴이 붉어졌다. 그러자 형의 손을 놓아버리고 싶었다.

"형! 내 뒤로 숨어."

명식은 형을 보호했다.

뒤늦게 뛰어온 강아지 주인이 형제에게 사과했다.

"헉! 헉! 미안하다. 이 녀석 조용히 해!"

'강아지 단속 잘하지!'

명식은 강아지를 데려가는 주인에게 화가 났다.

"괜찮아. 강아지는 없어."

그러나 명규는 불안해했다.

명규는 감정을 조절할 수 없어서 한번 폭발하면 명식과 엄마는 진땀을 흘린다. 안정될 때까진 오랜 시간이 걸렸다. 명식은 형과 함께 돌계단에 앉아 쉬었다. 하늘은 명식의 기분 따윈 상관없단 듯 맑고 푸르다. 그러자

푸른 하늘을 향해 화가 나서 "하루만 형 없는 세상에 살고 싶다!" 진심으로 크게 외쳤다. 그런 명식에게 명규가 달고나 트럭을 가리키며 떼를 썼다. 맛깔스러운 달고나가 트럭보다 컸다.

'언제부터 온 거야.'

명식은 갑자기 나타난 달고나 트럭이 야속했다.

"안 돼!"

동생의 강한 제지에도 명규는 막무가내다.

명식도 먹고 싶지만, 엄마가 쓸 돈만 주시기 때문에 군것질할 여유는 없다

"왜 그러니?"

형제의 실랑이를 본 할아버지가 물었다.

"아무것도 아니에요."

"그러지 말고 이리 오렴."

명식은 한숨을 쉬며 형을 데리고 갔다.

"어린 녀석이 웬, 한숨이야."

할아버진 너털웃음을 보였다.

"형이 사달라고 해서……."

할아버지는 명규의 장애를 알아챘다.

"쯧쯧!"

할아버지가 가엾단 표정을 지으셨다. 저런 표정을 보면 명식은 울상이 된다.

그래서 한 번은 엄마에게 "왜, 저런 형을 낳았어?" 따지듯 묻자 "다 업보고 운명이야!"

엄마가 푸념하듯 말했다. 그리고 말을 이었다.

"네 마음 다 안다. 하지만 어쩌겠니. 네 아빠가 살아 있었더라도……."

엄마는 무거운 한숨과 함께 침대에 걸터앉았다.

"명식아! 그래도 학교는 가야지. 엄마는 네 형 가졌을 때 몸이 좋지 않았어. 몸을 회복한 후 가졌어야 했는데."

엄마의 눈물을 본 명식은 이불을 젖히며 "알았어요!" 큰소리로 외쳤다.

엄마는 형을 가졌을 때 폐렴을 앓으셨다. 그러자 의사가 말했다. "약을 먹으면 태아에게 좋지 않으니 아이를……."

아빠와 엄마는 충격과 슬픔이 같이 왔다.

"아이는 다시 가질 수 있어요."

젖은 목소리의 아빠 말에 엄마는 "심장이 뛰는 살아 있는 생명을 도저히 지울 수가 없어요." 하고서 제왕절개로 나왔다고 했다. 그러자 놀랍게도 폐렴이 말끔히 사라졌단다. 엄마는 형이 행운을 가져다주었다며 칭찬하지만, 충분히 쉬며 약과 음식을 먹어서 나은 것뿐이다.

'업보, 운명, 그게 뭐기에 이리 힘들까?'

할아버진 형제에게 달고나 다섯 개를 주셨다.

"공짜니 맛있게 먹어라."

형의 티없는 맑음에 명식의 얼굴은 새빨개졌다.

"이제 집에 가!"

명식은 형의 손을 낚아채듯 자리를 떠났다.

"내가 형 때문에 얼마나 부끄러운지 알아?"

자신의 찡그린 표정을 보고도 히죽 웃는 형을 보자 기운이 빠졌다. 엄마는 형이 어른이 되면 모든 게 해결되니 그때까지 참으라 하지만, 거짓이란 걸 안다. 여태껏 공부도 열심히 하고 부모님 말씀 잘 듣고 큰 잘못도 하지 않은 자신에게 무거운 벌을 준 하늘이 미워지자 자상하던 아버지가 생각났다.

엄마는 형이 먼저였다. 맛있는 음식도 좋은 옷도 신발도…… 24시간 형에게 향했다.

한 번은 상을 받아서 "엄마 나 상 받았어요!" 큰소리로 자랑했다.

그러나 형을 목욕시키던 엄마는 "그래." 무심하게 말했다. 그러자 그동안 묵혔던 서운함이 폭발해서 "이럴 거면 나를 왜 낳았어! 주워왔어!" 악다구니했다. 위로해 줄 거라 생각했으나, "형은 아프잖아! 왜 이리 엄마 마음 이해 못 해!" 도리어 야단치셨다. 명식은 너무 화가 나서 집을 나왔다. 어둠이 찾아들 무렵 아빠가 놀이터에 왔다.

"엄마에게 얘기 들었다."

시소에 앉은 아빠가 애써 미소 지으며 말했다.

"너도 소중한 우리 아들이야. 다만 형이 특별한 병을 앓고 있어서 조금 더 보살피는 거야. 그러니 이해해

줘."

어느새 아빠의 눈에 굵은 눈물이 맺혔다. 어린 나이지만 가슴에 슬픔을 '꾹꾹' 눌렀다는 것을 느낄 수 있었다.

"우리 콜라 마실까?"

아빠의 제안에 고개를 끄덕였다.

명식은 콜라를 한 모금 마셨다. 그러자 상쾌함이 서운함을 날아가게 했다.

"꺽, 꺽."

아들이 트림을 하자 아빠도 맞추려는 듯 "꺽, 꺽." 트림을 했다. 부자는 마주 보며 환하게 웃었다.

"여보! 우리 왔어요."

식탁에는 따뜻한 식사가 차려져 있었다.

"식사해라!"

덤덤한 엄마의 말에 명식도 아무렇지 않게 식사했다. 그렇게 화해를 했다.

엄마와 명식은 지금도 그리 화해를 한다.

"사르르!"

형제에게 바람이 나뭇잎 피아노 연주를 들려주었다.

"좋은 소리! 좋은 소리!

소리를 좋아하는 명규가 박수를 치며 좋아했다.

"좋나?"

동생의 질문에 형이 고개를 끄덕이자 그제야 명식의 얼굴에 미소가 찾아왔다.

명식은 철이 들면서부터 자신의 신세를 한탄하기 시작했어요. 왜 수많은 사람들 중 자신에게만 시련을 주었는지. 너무 억울해했어요. 맘껏 뛰놀지도 못하고 사람의 따가운 시선에 창피해야 하고 늘 형을 돌봐줘야 하는 자신의 운명에 자주 울었어요. 그럴 때마다 아빠가 너무 보고 싶어 "아빠!" 하늘에 있는 아빠를 목청껏 불렀어요. 그러면 콜라를 마셨던 그때로 돌아간 것 같대요.

날아다니는 별

수정이 컴퓨터 화면으로 공부하다 말고 잠깐 창밖을 바라보았어요. 창밖 풍경이 낯설었죠. 코로나로 집에서 공부한 지 오늘로 100일째예요. 잔뜩 긴장한 채로 선생님의 수업을 들었어요. 온라인 공부도 지루해요. 그런데도 떠나지 않는 건 호랑이 엄마의 호통이 무서워서예요. 한 번은 아바타 프로그램으로 대신 공부하게 했던 게 들켜서 호되게 혼났거든요. 그 뒤론 수업 시간엔 잠시도 책상을 떠나지 않았어요. 화장실도 참았죠. '단

한 번 한 건데!' 친구들은 자주 했으나 들키지 않았어
요. 갑자기 억울해졌어요. 엄마는 초능력이 있나 봐요.
　지루한 수업에 수정이 하품을 하자 선생님과 친구들
이 '키득키득' 웃었어요. 그래서 창피해서 고갤 숙이자
수정이 눈에 유리병 속 개똥벌레가 보였어요.
　그러자 전화로 "친구를 만날 수 없어 외롭다."라는 자
신의 말을 듣고 개똥벌레를 선물한 할머니가 생각났어
요.

　시골에서 올라온 외할머니가 반가워서 수정이 울자
할머니는 손녀의 눈물을 닦아주면서 개똥벌레가 든 유
리병을 손에 쥐여 주었어요.
　"이게 뭐야?"
　손녀의 물음에 할머니는
　"개똥벌레야! 가장 깨끗한 에너지지!"
　자상하게 대답했어요.
　"치! 주려면 강아지를 주지."
　수정인 섭섭했어요.

"뽀삐는 애교를 잘 부려!"

"하양은 재부를 잘 부려!"

"우리 삐삐는 털이 고급스러워!"

친구들이 강아지를 자랑하면 은근히 부러웠죠.

그래서 한날, 강아지를 키우자고 수정이 조르자 엄마
는 "좁은 집에 강아지를 키우면 털 날리고 위생상 안
좋아! 절대 안 돼!" 단칼에 잘랐어요.

그걸 본 아빠는 "그래도! 수정이 소원인데." 작은 소
리로 말하고서 엄마를 흘낏 보자 엄만 아빠를 째려보았
어요. 아빤 눈을 내리깔며 "안 되겠다." 고개를 숙였어
요.

수정인 울고 싶어졌어요.

수정이 또다시 물었어요.

"깨끗한 에너지? 무슨 재주가 있어요?"

할머닌 방을 어둡게 했어요. 개똥벌레가 반짝반짝 빛
을 내며 돌아다녔죠.

"우와! 날아다니는 별이다!"

감탄하는 손녀를 보며 할머닌 "그래! 날아다니는 별이지!" 옅게 웃었어요.

　수정인 개똥벌레를 선생님과 친구들에게 보였어요.
　"저게 뭐야?"
　친구들이 궁금해하자 선생님이 "가장 깨끗한 에너지인 개똥벌레야!" 대답했어요.
　"어떻게 가장 깨끗한 에너지인 개똥벌레라는 걸 아셨어요?"
　수정이 할머니와 같은 이야기를 한 선생님이 신기했어요.
　"대학 시절 농사 봉사 갔을 때 한 할머니가 들려주었어."
　선생님이 말하셨어요.
　순간 수정은 '할머니가 아닐까?' 하는 생각이 들었어요.
　"무슨 재주가 있어?"
　지수가 궁금해하자 수정은 방 안을 어둡게 했어요.

유리병 안에 작은 빛이 돌아다녔어요.

"우와!"

"별빛 같아!"

친구들이 탄성을 질렀어요.

"개똥벌레가 낸 빛이야!"

눈을 반짝이며 수정이 대답했어요.

"어떻게 빛을 내는 거야?"

지수가 물었어요.

"그건……."

우물쭈물하는 수정을 선생님이 도왔어요.

"꽁무니에 빛을 내는 세포가 있어서야!"

"빛 똥을 누는 거네요!"

장난꾸러기 민수의 소리에 웃음바다가 되었어요.

"그건 에너진 아니잖아!"

새침한 예원의 소리에 "맞아!" 친구들이 소리쳤어요.

수정이 얼굴이 새빨개졌어요.

"친구 놀리면 안 돼!"

선생님이 소리쳤어요. 그리고 설명했어요.

"개똥벌레는 깨끗한 에너지 맞아요. 아주 오래전 중국의 가난한 선비들이 반딧불이로 공부를 했단 이야기가 있어요!"

처음 들어본 얘기에 수정이도 친구들도 놀랐어요.

"근데 왜 보이지 않아요?"

예원의 물음에 선생님이 "개똥벌레는 깨끗한 환경에서만 살기 때문이에요." 대답했어요.

수정인 이제야 할머니의 말뜻을 알았어요.

"근데, 저 귀한 걸 어디서 구했어?"

선생님이 궁금해하자 수정이 "할머니가 시골에서 가

져왔어요!" 크게 대답했어요.

"와! 좋은 할머니가 있구나!"

선생님이 부러워했어요. 그리고 이어 말했어요.

"이 시간은 에너지 얘기를 할까?"

제안에 수정과 친구들이 기뻐했어요. 지루한 공부를
하지 않아도 되니까요.

"에너지란 무엇일까?"

선생님의 질문에

"게임을 할 수 있게 해 줘요!"

"TV 볼 수 있게 해 줘요!"

"더운 여름 시원하게 해 줘요!"

친구들이 큰소리로 대답했어요.

"맞아요! 에너지는 고마운 존재죠! 그러나 많이 쓰면 지구가 아프고 생명이 없어져요. 사람도 말이에요."

선생님의 진지한 설명에 수정과 친구들이 심각해졌어요.

"그럼! 어떻게 해야 하나요?"

겁쟁이 진수가 걱정스레 묻자 선생님이 친절하게 설명했어요.

"에너지를 아껴야 해요! 안 쓰는 전깃불 끄기, 게임 적게 하기. 에어컨 사용 줄이기, 물 적게 쓰기. 아주 많아요."

설명을 들은 반장 수진이가 제안했어요.

"우리 일주일간 에너지 절약하는 건 어떨까? 그리고 한 가지씩 실천한 걸 유리병에 넣어 일주일 후 공개하는 거야!"

"아주 좋은 생각이야!"

선생님이 박수를 쳤어요. 수정과 친구들도 찬성했어

요. 하지만 게으름뱅이 베짱이가 "귀찮게, 그걸 왜 해!" 느린 말투로 반대했어요.

그러자 "그럼, 벌로 네가 화장실 청소해!" 예원이가 톡 쏘았어요. 이럴 땐 천사 같아요.

수정인 수업이 끝나자마자 계획서를 썼어요.

'게임 반으로 줄이기. 물도 반으로 줄이기. 에어컨은 아주 더울 때만 사용하기. 간식 줄이기. 일회용 컵 줄이기……'

쓰다 보니 너무 많아요.

"이걸 다 할 수 있을까?"

한숨이 나왔어요. 많이 불편할 것 같았어요.

그러나 이 모든 걸 지키면 어떤 일이 일어날지 상상해 보았어요. 우선 생활비가 줄겠죠. 쓰레기가 적게 나와서 지구가 건강해질 테고, 그러면 별도 보이고 생명도 웃게 되겠죠.

수정이 방학 때 할머니 집에 갔을 때였어요.

"할머니! 시골엔 별이 많은데 내가 있는 곳은 왜 없어요?"

손녀의 물음에 "사람이 욕심을 부려서 별이 도시에서 떠난 거야. 더 많이 가지려고 지구를 괴롭혔거든! 별은 욕심을 싫어해요!" 할머니가 조곤조곤 알려주었어요.

"내가 그리도 부탁했건만!"

할머니가 갑자기 목소리를 높였어요. 그러나 곧 잦아들었어요.

"그땐 어쩔 수 없었어. 찢어지게 가난했던 시절이었지."

젊은 적 할머닌 환경운동가였어요. 그러나 경제 발전이 급해서 '환경을 보호하자!'는 할머니의 호소는 무시당했어요. 그래서 시골로 내려와 할아버지와 살았어요. 할머닌 환경보호에 관심을 가진 요즘이 좋았어요.

"욕심을 부리지 않으면 별이 나타나요?"

손녀의 물음에 할머닌 "그럼!" 빙그레 웃었어요.

저녁이 되자 아빠, 엄마가 왔어요. 많이 지쳤지만, 웃는 얼굴로 딸을 보았죠.

"다녀오셨어요!"

수정이의 인사에 아빠는 "우리 딸 잘 놀았어!" 엷게 웃었어요.

그러나 엄마는 "오늘도 공부 잘했어?" 공부 얘기부터 했어요.

"네."

수정이 목소리가 기어들어 갔어요.

저녁을 먹으며 수정인 수업 중 벌어진 일을 얘기했어요.

"그거 좋은 생각인걸! 엄마도 같이할게!"

할머니의 영향을 받은 엄마도 반겼어요.

그러며 "당신도요!" 아빠를 빤히 보자 "알았어." 아빠가 작게 대답했어요.

당장 샤워 시간, 드라마, 게임도 줄였어요. 안 쓰는 플러그도 뺐어요. 하지만 내 방 전등불은 줄이지 못했어요.

"숙제와 공부는 못 줄이지!"

엄마가 말하셨기 때문이었죠.

수정이는 엄마와 커피 가게에 왔어요.

"넌 뭘 줄까?"

엄마의 물음에 수정인 "오렌지주스요!" 크게 외치고
서 집에서 가져온 컵을 엄마에게 주었어요.

엄마는 '호호!' 웃고서 "나도 여기에 주세요!" 딸과 같
은 컵을 직원에게 내밀었어요.

"나왔습니다!"

받은 음료를 의자에서 마시는 모녀를 사람들이 신기
한 눈으로 보자 수정인 불편했어요. 그러나 지구와 생
명을 살릴 수 있어서 기뻤어요. 패스트푸드와 과자도
적게 먹었죠. 먹을 것을 만들려면 많은 에너지가 필요
하거든요. 처음엔 불편했지만, 며칠 지나자 적응되었어
요. 이제 유리병에 포스트잇으로 가득해졌어요.

일주일이 지났어요.

"안녕하세요! 선생님!"

친구들이 밝게 인사했어요.

"약속한 건 했지?"

선생님의 질문에 "네!" 수정과 친구들이 소리쳤죠. 베짱이만 빼고요.

"베짱이! 학교에 오면 일주일간 화장실 청소야!"

선생님이 벌을 주자 베짱이가 삐죽였어요.

"무엇을 실천했는지 발표해보자!"

선생님이 수정을 지목했어요.

"처음엔 귀찮고 번거로워서 한숨이 나왔어요. 매번 집에서 컵 들고 가고, 게임도 드라마도 과자도 전깃불도 물도 줄어들어 옛날로 돌아간 것 같았죠. 눈 감고 화장실 청소할까도 생각했지만, 할머니가 준 개똥벌레를 보며 계속했어요. '사람의 욕심이 별을 떠나게 했다!' 할머니 말씀이 떠올랐거든요. 그리고 '겨우 일주일해서 무슨 소용 있을까? 다른 사람은 계속 낭비를 하는데!' 의심도 들었어요. 그러나 일주일 친구들과 나의 불편으로 조금 지구와 생명이 살아났다고 생각하자 뿌

듯해졌어요. 우리의 캠페인을 모든 사람이 하면 떠난 별도 돌아올 거예요!"

수정이 방긋 웃었어요.

다른 친구들도 비슷한 생각이었죠.

"맞아! 사람이 조금 절약하고 불편하면 지구와 생명이 살아날 거야. 깨끗하고 건강한 지구를 후손에게 물려줘야지!"

선생님의 말씀에 수정과 친구들이 고개를 끄덕였어요.

그러자 개똥벌레가 '고마워!' 감사 인사를 했죠. 할머니도 기뻐하실 거예요.

동사왕 수정이

엄마와 학교에 가던 명지가 "잠깐만!" 그러더니 주머니에 몰래 넣은 새우과자를 비둘기에게 주며 말해요.

"많이 먹어!"

그런 딸의 행동을 아니꼽게 본 엄마가 뾰족하게 말해요.

"또! 학교에 가야지!"

그러자 명지는 불만 가득한 눈으로 엄마를 보았어요.

엄마는 손가락으로 안내판을 가리켰어요.

"비둘기에게 먹이를 주지 마세요! 야생을 길러줘야 한다고 쓰여 있잖아!"

차갑게 말하는 엄마에게 명지는 "사람이 숲을 없애 놓고는!" 소리를 높였어요.

명지의 학교와 엄마가 일하는 회사는 온천천 너머에 있어요. 그래서 아침이면 같이 가요. 엄마는 딸과 온천천을 `거니는 게 좋았어요. 맑은 공기를 마시고 푸르른 강을 바라보면 슬픈 과거가 날아가거든요.

9년 전

"여보! 우리 명지 정말 예쁘다. 그렇지!"

남편은 옹알이하는 딸을 보며 벙싯 웃었어요.

가진 것 없는 남자였지만 성실하고 착해서 결혼했죠. 비록 가난했지만, 웃음이 떠나지 않는 행복한 가족이었어요. 남편은 성실히 일했어요. 그리하여 조그만 집도 마련했죠.

"우리 명지! 멋진 방으로 꾸며줄 테야!"

부부는 방긋 웃는 딸을 보며 밝은 미래를 꿈꾸었어

요.

　그리 행복은 계속될 줄 믿었는데 뺑소니 사고로 남편이 하늘나라로 갔어요. 그러자 슬퍼할 틈도 없이 빚쟁이가 찾아들었어요. 엄마는 모든 걸 놓고 싶었어요. 그렇지만 딸의 맑은 눈이 자신만 보아서 집을 팔고 작은 집으로 옮겼어요. 그리고 뭐든 했어요. 엄마가 일하는 동안 외할머니가 명지를 돌봐 주었지만, 지금은 다 자라서 할머니의 도움은 없어도 돼요.

　명지는 모든 동물을 좋아해요. 비둘기, 고양이, 강아지 그리고 징그러운 파충류도 좋아해서 자신의 방에 파충류 책도 있어요. 아마도 온천천에 뱀이 있으면 뱀도 만졌겠죠. 하지만 엄마와 아빠는 동물을 좋아하지 않았어요.

　'왜 강아지를 키우는 거야? 똥도 누고 털도 날리고 지저분한데!'

　엄마는 강아지와 산책하는 사람이 이해되지 않았어요.

엄마는 딸의 동물 사랑이 '아빠 사랑이 부족해서 그런가!' 하고 두 배의 사랑을 주었지만 소용없었어요. '많이 보아서 그런가.' 짐작만 하지요.

엄마는 딸이 걱정되었어요.

'병이 걸리면 어쩌나!'

'개나 고양이가 물면 어쩌나!'

요즘 뉴스에서 개에게 물린 사람이 자주 나오자 부쩍 신경 쓰였어요. 그렇지만 수정은 엄마의 걱정도 모르고 계속 만졌어요.

학교에서도 명지의 동물 사랑은 유명해서 친구들이 '동사왕'이란 별명을 붙였어요. 동물 사랑의 끝판왕이라는 뜻이에요.

"동사왕! 오늘은 엄마하고 안 다투었니?"

선생님의 물음에 명지는 고개를 숙였어요.

"동사왕이 그냥 지나칠 리 없지. 흠!"

선생님이 엷은 미소를 지었어요.

명지의 꿈은 동물 의사예요. 아픈 동물을 치료해주고

싶어서였지만 엄마는 안전한 공무원하라고 해요.

　공부는 지루하고 따분해요. 당장이라도 나가고 싶지만 엄마의 뿔난 목소리가 무서워 의자에 딱 붙어있었어요. 그렇게 졸음을 참으며 칠판을 보는데 선생님이 "이 문제 풀 사람!" 갑작스럽게 질문을 했어요. 그러나 친구들은 약속이라도 한 듯 침묵만 지켰어요. 그리 한참을 인내하신 선생님이 더는 참지 못해서 "명지, 나와!" 호명하자 친구들은 안도의 한숨을 쉬었어요. 그런 친구들을 본 명지는 미운 감정이 올라왔어요.

　'치! 동물에 대해서는 뭐든 물어놓고선!'

　명지는 다음부터 동물에 관해 알려주지 않기로 마음먹었지만 금방 잊고 알려줄 거예요. 매번 그랬으니까요.

　한참을 머뭇거리는 명지를 본 선생님이 깊은 한숨을 쉬었어요.

　"들어가! 동물 사랑하는 것만큼 산수도 좋아해!"

　선생님의 냉랭한 목소리에 명지는 고개를 푹 숙였어요.

"땡, 땅, 땅!"

기다리던 마침 종이 울리자 명지의 잔뜩 웅크린 마음이 펴졌어요.

명지는 온천천으로 달려갔어요. 다른 친구들은 삼삼오오 짝지어 학원에 갔지만, 학원에 가지 않는 명지는 강아지 친구들을 만나려 달렸어요. 온천천에는 주인과 산책 나온 강아지가 많았어요.

"어머! 예뻐!"

명지는 무릎을 구부리며 주인과 산책 나온 강아지를 쓰다듬었어요.

"강아지를 좋아하는구나!"

주인은 명지를 귀엽다는 눈빛으로 보았어요.

"넌 강아지 없니?"

주인의 물음에 명지는 "엄마가 지저분하다고 못 키우게 해요." 풀 죽은 목소리로 말했어요.

"저런!"

강아지 주인이 안쓰러워해요.

하지만 우울도 잠시 명지는 "난 모든 동물을 좋아해

요! 비둘기, 고양이, 강아지 온천천에 헤엄치는 물고기
도요!" 활짝 웃으며 말했어요.

"따뜻한 아이구나."

주인의 눈이 반달이 되었어요.

"오늘도 강아지 만지며 놀았니?"

엄마가 저녁 식사 중에 물었어요.

딸이 고개를 숙이자 엄마는 "학교 마치면 집에 와서
공부랑 숙제하랬잖아! 내가 말했지. 강아지에게 물리
면 병에 걸려 아프다고!" 날카롭게 말했어요.

"잘해주면 괜찮은데."

명지는 작은 목소리로 대꾸했어요.

그러자 엄마는 "병균과 개가 좋은 사람 나쁜 사람을
아니!" 깊은 한숨을 쉬었어요.

명지의 방

자신의 침대에 누워 눈물을 흘려요.

'왜 강아지를 싫어하는 거야. 얼마나 귀엽고 사랑스

러운데.'

그러며 아빠 사진을 보며 부탁해요.

"아빠! 강아지 키우게 해 주세요."

그러나 벙싯 웃을 뿐이에요.

"치!"

엄마의 방

"왜 엄마의 마음을 모르지! 하~"

엄마도 침대에서 속을 끓어요. 그리고 입술을 깨무는데 '똑똑!' 창문 두드리는 소리가 들렸어요.

"바람이 부나!"

처음엔 대수롭지 않게 생각했어요.

그렇지만 '똑똑!' 또 들렸어요.

"시끄러워!"

짜증이 난 엄마가 귀마개를 하고 잠을 자는데 '똑똑!' 또 들렸어요.

"귀마개했는데!"

이상하게 생각해서 창문 쪽으로 갔는데 죽은 남편이

벙싯 웃으며 엄마를 보았어요.

엄마는 "으앙!" 눈물을 터뜨렸어요. 아내가 울자 남편이 창문을 통과해 두 팔로 안았어요. 엄마의 가슴이 따뜻해졌어요. "그동안 고생했지. 미안해." 남편의 자상한 목소리가 방을 감싸자 순식간에 다른 장소로 변했어요.

색색의 화려한 꽃들과 울창한 나무들이 가득했고 맑은 호수와 새파란 하늘이 보였어요. 잠시 뒤 하늘에 화려한 새들이 날아갔으며 나비와 벌들이 꽃의 꿀을 먹으러 왔고 호수엔 물고기들이 사랑을 나누었어요.

"어머나!"

엄마가 감탄해요. 그러나 벌이 쏠까 봐 무서워해요.

아내가 벌을 무서워하자 남편의 얼굴이 잠깐 굳어졌어요.

"여기에 살아요? 이곳은 천국이에요?"

아내의 질문에 남편은 "그럴 수도 있고 아닐 수도 있어." 알 수 없는 대답을 했어요.

"무슨 소리죠?"

아내가 궁금해하자 "여기엔 나비와 꽃과 나무만 있지 않아. 당신이 싫어하는 벌과 파충류와 강아지, 고양이도 있어." 남편의 대답에 엄마는 미안한 눈으로 벌을 보았어요.

아내의 미안한 표정에 남편이 엷게 웃으며 "이리 나와!" 부드럽게 불렀어요. 그러자 강아지, 비둘기, 고양이, 쥐 등등 많은 동물이 나타났어요. 엄마는 놀라며 남편 뒤에 숨었어요.

남편이 아내의 손을 잡고서 말해요.

"난 일찍 하늘에 와서 미안해하며 홀로 명지를 키우는 당신을 지켜보았어. 명지가 첫걸음을 걸을 때, 엄마라고 처음으로 부를 때, 유치원 재롱잔치, 학교 첫 입학식, 백점 시험지를 보며 환히 웃던 당신을 보며 나도 기뻐했어. 아프거나 넘어져 피가 나서 엉엉 울던 명지, 그런 명지를 보며 슬퍼하는 당신을 보면 당장이라도 가고 싶었어. 하지만 영혼은 지상의 사람에 관여하면 안 되기에 갈 수 없었어. 신의 허락을 받아야 해. 그러지 않고 지상의 사람에게 보이면 악귀가 되어 지옥에 떨어져. '한 번이라도 가고 싶어!' 딸과 당신을 보며 매일 그리워했어. 당신과 명지가 여기 올 때까지 기다릴 수밖에 없었지."

남편의 말이 끝나자 엄마는 "하늘 사람도 마음대로 할 순 없군요." 자그마하게 속삭였어요.

"그런데 어떻게?"

아내의 물음에 남편은 동물을 가리키며 "동물들이 하나님에게 부탁했지! 나의 소원 들어주라고!"

그러며 고마운 눈으로 동물들을 보았어요.

"우리에게 고마워하지 말고 따님에게 고마워해요!"

할아버지 비둘기가 남자에게 말했어요. 그리고 엄마에게 공손히 고개를 숙였어요.

예의 바른 비둘기의 인사에 엄마는 몸 둘 바를 몰랐어요.

할아버지 비둘기가 이어 말했어요.

"명지 님이 새우과자를 준 비둘기는 내 아들과 며느리 손자 손녀들이에요."

"우리 아들딸에게도 먹을 걸 주었어요!"

할아버지 고양이도 고마워했어요.

"우리도 마찬가지예요!"

할아버지 개도 고마워했어요.

"그런 이유로! 아직 모르겠어?"

엄마는 설명을 듣고 싶었어요.

그러자 할아버지 개가 앞으로 나왔어요.

"우리는 사람으로 인해 보금자리를 잃었고 그로 인해 많은 동물이 굶어 죽었지요. 멸종된 동물도 있고 멸종 위기에 놓인 동물도 있어요. 그중에 개와 고양이는 인간에게 붙어서 살아남았어요. 자존심 상하고 '기회주의자.' '배신자'라고 다른 동물이 말해도 살아남기 위한 어쩔 수 없는 선택이었죠. 그래서 동물은 인간을 싫어한답니다. 사람은 이기적이고 그리고 알 수 없답니다. 이로운 동물, 해로운 동물, 사람의 기준에서 정합니다. 멧돼지, 들개도 인간이 자연을 훼손하여 농작물을 먹었는데 해로운 동물이라고 하죠. 그러면서도 동물을 보호해야 한다니, 어느 쪽이 인간일까요?"

동물들이 고개를 절레절레 흔들었어요.

할아버지 개가 이어 말해요.

"그래서 한 번은 '어찌하여 무자비한 인간을 가만히 두나요?' 신에게 여쭈었답니다. 그러자 신은 '완벽하게 창조했다고 생각했는데. 미안하구나. 그러하나 어쩔 수 없단다. 난 서로 도우며 살라고 세상을 그물처럼 얽히게 창조했단다. 그리하여 하나를 없애면 다른 것도 사라진단다. 인간이 스스로 깨닫길 기다릴 수밖에. 어디부터 잘못됐을까?' 깊은 한숨을 뱉었어요."

"뱀이 사람을 유혹해 그렇잖아! 그리고 동물도 동물을 잡아먹잖아!"

엄마의 항변에 할아버지 개가 '껄껄' 웃으며 대답해요.

"그건 인간이 뱀에게 죄를 전가한 거예요. 그리고 인간이 자연을 훼손시켜서 먹거리가 없어지니 어쩔 수 없이 자신보다 작은 동물을 먹은 거예요. 이곳의 동물은 먹거리가 풍족해 평화롭게 살아요."

"미안하구나."

엄마의 사과에 동물들은 괜찮다며 고개를 저었어요.

"명지 님이 동물에게 베푼 사랑 참으로 고마워요. 어서 따님의 마음 모든 사람이 닮기를 바라며 보답을 해 주고 싶었어요."

할아버지 개의 얘기에 동물들은 감사의 눈물을 흘렸어요.

"우리는 강아지를 키우고 싶은 명지 님의 소원을 들어드리려고 신에게 간곡히 부탁했던 거예요."

할아버지 개가 마무리 말을 했어요.

모든 궁금증이 풀린 엄마가 대답해요.

"그렇담! 나도 보답을 해야지!"

그러며 밝게 웃었어요.

"감사합니다. 동물은 인간이 위협하지 않으면 공격하지 않아요."

동물들이 고개를 숙였어요.

다음날 아침.

아직 딸의 머리에 뿔이 있자 엄마가 웃으며 말해요.

"명지! 밥 먹자!"

그러나 명지는 굳은 얼굴로 밥을 먹었어요.

명지에겐 불편한 시간이었지만, 엄마는 딸이 기뻐할 소식 빨리 전하고 싶은 설레는 시간이었죠.

딸이 순가락을 놓았어요.

그러자 엄마는 "명지야! 강아지 키워!" 말했어요.

"네?"

잘못 들었나! 눈이 커진 딸에게

엄마는 "강아지 키워도 돼!" 재차 말했어요.

"갑자기 왜?"

명지는 밤사이 무슨 일이 있었는지 알고 싶었어요.

"그냥! 대신 강아지는 네가 책임져! 그리고 학교에 갈 때 딴 눈 팔지 마!"

엄마의 당부에 명지는 고개를 끄덕였어요.

그 모습 아빠가 하늘에서 벙싯 웃으며 보았어요.

인어공주를 구하라

똑, 똑, 똑.

빗방울 소리가 내 몸을 누른다. 점박이 강아지 인형도 귀찮은 듯 하품만 해댄다. 그러나 해님이 가장 툴툴거린다. 비가 멈춘 후 젖은 세상 온 힘을 다해 말려야 해서다.

"이 녀석, 일어나지 못해!"

호랑이 엄마의 목소리 들은 내 입이 반사적으로 "일분만 더!" 간절히 부탁했지만, 엄마는 이불을 젖히는 것으로 거절하셨다.

"아이, 귀찮아!"

바위 같은 무거운 몸 겨우 들고 욕실로 갔다.

"빨리 어른 되고 싶다."

학교도 가지 않고 숙제도 없는 어른이 부럽다.

"잘 먹겠습니다!"

나는 느릿느릿 식사를 했다.

"어서 먹어! 학교 늦겠다!"

엄마가 재촉하자 나는 물마시듯 식사를 끝냈다.

문을 여니 빗방울이 한층 굵어졌다.

"다녀올게요."

"선생님, 말씀 잘 들어!"

엄마는 나보다 공부가 먼저인가 보다.

수업은 지루하고 따분하다. 놀이터와 오락실에 가고
싶지만, 엄마의 눈이 무서워 칠판만 멍하니 보았다.

"이 문제 풀 사람?"

선생님의 질문에 친구들은 눈치만 살폈다.

고요한 정적만이 계속 흐르자

"정말 없나요?"

선생님이 얼음장처럼 말하셨다.

그런데도 가만히 있자

"민! 나와!"

선생님은 포기하셨다.

'또, 민이야.'

내 입이 툭 나왔다.

그러나 어쩔 수 없다. 공부를 가장 잘하니까. 재빠르게 문제 푸는 민이가 그저 놀랍다.

지루한 수업에 하품이 나오려 하자 재빨리 고개 숙여 하품했다. 그런 내 모습이 한심한지 여자 짝이 쪽지를 주었다.

-마음으로 시간아, 빨리 가라. 주문 외워봐.

-그런다고 빨리 가니?

내가 쪽지로 되묻자 짝이 눈으로 재촉했다. 그래서 나는 속는 셈 치고 '시간아, 빨리 가라.' 마음으로 외웠다.

그러자 '딩동~ 딩동~' 마침 종이 울렸다.

"진짜네!"

내 눈이 왕사탕처럼 커졌다.

"우리집에서 게임하자."

민이는 새 게임팩을 사며 자랑한다.

"엄마! 왔어요."

"왔니?"

아줌마가 미소 지었다.

"안녕하세요!"

"민호구나!"

부드러운 아줌마의 목소리가 가슴을 환하게 했다.

"내 방에서 기다려."

말하며 민이는 욕실로 갔다.

민이 방은 침대며 컴퓨터며 텔레비전…… 온갖 게 다 있다. 이런 방이면 공부도 즐거울 것 같다. 그에 비해 내 방엔 책상과 의자가 전부다. 민이가 들어오자 게임을 시작했다. 요즘 최신 유행인 '인어공주를 구하라!'였다. 화려한 그래픽과 웅장한 소리에 빠진 마음이 벙글벙글 웃었다.

"똑똑똑."

아줌마의 손에 간식이 있었다.

"맛있게 먹어!"

"고마워요, 엄마!"

"감사합니다, 아줌마!"

달콤한 초콜릿이 게임을 더 즐겁게 했다.

시간 가는 줄 모르고 게임에 빠졌다. 그런 내게 "그만 하자!" 민이의 소리가 들렸다.

나는 집으로 가는 내내 돌에 '툭툭' 아쉬움을 풀었다.

집에 오니 성난 엄마가 맞이했다.

"왜, 늦었어!"

엄마의 뿔난 소리에 "정민이랑 놀았어." 조그맣게 대답했다.

그러자 엄마는 "학교 마치면 집에 와서 숙제부터 해야지!" 내 머리에 꿀밤을 주었다.

나는 시무룩한 얼굴로 욕실에서 짜증을 씻었다.

"밥 먹고 숙제부터 해."

누그러진 엄마를 보자 잔뜩 움츠린 채 부탁했다.

"엄마, 부탁이 있어요."

"뭔데?"

"게임기 하나만 살게요."

"안 돼!"

엄마는 단칼에 자르셨다. 내 눈에서 눈물이 나왔다.

오늘은 돌아가신 아빠가 생각난다. 자상한 아빠라면 사 주셨을 거다. 아빠는 가난해도 내가 사 달라는 건 다 사 주었다.

"돈도 없는데! 후!"

엄마가 아빠에게 핀잔을 주면 "하나밖에 없는 아들이에요!" 얼버무렸다.

그래서 엄마보다 아빠하고 친했다. 나는 아빠가 영원히 살아있을 줄 알았다. 그러나 고된 일로 쇠약해져 갔고 결국 돌아가셨다. 아빠가 사라지자 지옥 같은 일만 벌어졌다. 엄마는 "안 돼!"라는 말만 하셨다. '사탕 많이 먹지 마라.' '초콜릿 많이 먹지 마라.' 'TV 많이 보

지 마라.' '하지 마라.' '하지 마라.'

책상에 앉았지만 '인어공주를 구하라!' 게임만 맴돌았다. 그래서 하나님께 '인어공주 구하는 왕자가 될 수 있다면 공부 열심히 하고 엄마 말 잘 듣는 착한 어린이가 되겠어요.' 간절히 기도했다.

"정말이니?"

갑작스러운 소리에 주변을 둘러보았다.

"하나님이다! 너의 기도가 하도 간절해 들어주러 왔다."

나는 다시 물었다.

"정말입니까!"

"그렇다니까! 그러니 너도 약속 지켜라."

"네! 그러고 말고요!"

굳게 약속하자 바람이 게임 속으로 데려다 주었다.

"기사님! 갑옷과 칼, 방패 대령했습니다."

요정이 말하자 순식간에 멋진 기사로 변했다. 심장이 콩닥콩닥 튀었다.

"출전하셔야죠!"

요정이 문을 열자 의기양양하게 한발 뗐다.

첫 번째는 마을에서의 전투다.

"이얏! 이얏!"

에너지가 조금 줄었으나 가볍게 첫 번째 보스를 물리
쳤다. 그러나 이제부터가 본격적인 바닷속 전투다. 늙
은 마법사에게 바다에서 숨 쉴 수 있는 알약을 사서 검

은 마녀가 있는 궁으로 향했다. 벌때 같은 적들과 중간
급 보스에게 에너지가 많이 잃는 험한 전투 끝에 검은
마녀의 궁전에 왔다.

"여기까지 잘도 왔군!"

뱀 머리카락과 눈동자는 이글거리는 불이었고 이빨
은 드라큘라 같았으며 창백한 피부가 공포 자체였다.

"기사님!"

철창에 갇힌 인어공주가 애타게 부르자 얼굴이 빨개졌다.

"반드시 구해 주리다!"

그러나 마지막 보스답게 강했다. 여러 번 공격했지만 꿈쩍하지 않았다. 많은 체력을 사용해 에너지가 바닥이 났다. 여기에 온 게 후회가 되었다. 탈출하고 싶었고 무섭기만 했던 엄마가 보고 싶었다.

"하하하! 이제 끝이다."

검은 마법사의 날카로운 손톱이 덮치자 엄마가 불렀다.

"민호야! 민호야!"

흔드는 소리에 깨어나니 엄마가 보였다.

"웬, 땀이니? 오늘은 일찍 자라."

엄마는 걱정했다.

그러나 "숙제하고 자겠어요! 하하!" 나의 뜻밖의 대답에 엄마는 "별일이네!" 당황하며 방을 나갔다. 엄마가 나가자 "하나님 고마워요!" 감사의 인사를 거듭했다.

그런 나를 보며 점박이 강아지 인형이 '컹컹' 웃었다.

빨강약

아빠가 엄마는 근육 세균에 감염됐대요. 근육 세균은 근육을 먹어서 힘을 없애는 굉장히 무서운 세균으로 약을 먹어도 고칠 수 없대요. 그래서 엄마는 병원에서 물리치료를 열심히 해요. 집에 있을 땐 텔레비전만 봐요. 그러다가 갑자기 화를 낼 때가 있어요.

"내가 무슨 잘못을 했다고!"

손으로 하늘을 보며 욕을 해요. 이럴 땐 깜짝 놀라요. 아프기 전엔 곱고 예쁜 말만 하고 나를 하늘만큼 땅만

큼 사랑해준 엄마였어요. 나는 엄마가 욕을 할 땐 무서
워서 몸을 웅크려요. 몇 차례 무서워서 떠는 내 모습을
본 아빠가 미소 지으며 말했어요.

"엄마가 마음 세균에도 감염되어 그래. 마음 세균은
근육 세균보다 무서운 거야."

아빠가 미소로 말했어요.

"마음 세균도 물리치료하면 늦출 수 있나요?"

나는 눈을 반짝이며 물었어요.

"마음 세균은 근육 세균과 달라. 수정이가 따뜻이 안
아주면 사라지는 세균이야. 그러니 무서워하지 말고 엄
마를 꼭 안아줘."

마음 세균은 신기하다고 생각했어요. 다른 세균은 감
염되니 가까이 가지 못하게 하는데 안아주면 사라진다
니, 꼭 안아주면 사라지는 얼음 같아요.

여름방학이 오늘로 마지막이에요. 엄마가 텔레비전
과 숙제하는 내 모습을 번갈아 봐요. 그때 엄마가 손에
힘을 주며 엉금엉금 기어서 주방으로 갔어요. 그러다가

그만 컵을 엎질러서 바닥이 물로 흥건해졌어요. 나는 걸레를 들고 바닥을 닦으러 갔어요.

"오지 마!"

그러더니 울어요. 하늘에다 욕도 해요. 날카로운 엄마 목소리가 내 가슴을 사정없이 찌르자 정말 살이 뜯긴 것처럼 아파요. 실컷 울더니 진정이 됐나 봐요. 진정이 된 엄마를 내가 살포시 안아주었어요.

"미안해!"

엄마의 목소리가 젖어있었어요.

밤이 어두워지자 아빠가 왔어요.

"모두 잘 지냈어?"

아빠의 물음에 나와 엄마는 미소 지었어요.

나는 오늘 있었던 일을 말하지 않았어요. 아빠가 알면 마음이 아플 거예요. 아빠가 치킨을 주었어요.

"오늘은 치킨 먹자꾸나."

월급을 받은 날이면 술 냄새와 함께 치킨을 사 와요. 그럴 때마다 엄마는 술 냄새가 싫다며 아빠를 향해 잔소리했지만, 나는 치킨을 먹을 수 있는 월급날이 좋았어요.

"오늘 월급 받았어요?"

내가 묻자

"아니! 방학 끝나서 슬픈 너를 위로하려고 사 왔지!"

하고 방긋 웃었어요.

아빠의 고소한 냄새가 내 가슴속 엄마의 슬픈 일을 까맣게 잊게 했어요.

다음날 학교에 가니 친구들 얼굴이 까맣게 변했어요. 나만 그대로예요. 모두 재잘재잘 방학 동안 있었던 일을 얘기해요. 해수욕장에서 수영한 일, 비행기를 타고 해외여행한 일, 시골 할머니 집에 갔던 일, 비행기를 타면 어떤 기분일까? 너무 궁금했어요.

"수정아, 너는?"

단짝 미영의 물음에 우물쭈물 망설였어요. 엄마 식사 도와주고 엄마랑 병원에 가고 엄마가 소리치면 꼭 안아주고 자랑할 일이 없었어요. 친구들은 엄마가 아픈 줄 몰라요. 괜히 말해서 놀림이나 당하지 않을까. 창피해서예요.

"방콕했네!"

가만히 있는 나를 진호가 놀리자 나는 그만 눈물이
나왔어요.

"그러지 마!"

미영이 진호에게 눈을 흘겨요. 그러자 진호는 삐죽이
며 자신의 자리로 갔어요. 개학 첫날부터 엉망이에요.

집에 오니 엄마가 멍한 눈으로 텔레비전을 보고 있어요.

"저 왔어요!"

엄마를 밝게 해 주려 애써 웃으며 인사했어요. 그렇
지만 텔레비전만 봐요.

'엄마, 나도 마음에 세균이 들어왔나 봐. 마음이 아파.'

그러다 엄마가 내게 보여준 눈물을 먹는 고양이 인형
이 생각났어요. 내가 넘어져 울 때마다 엄마는 고양이
인형을 보여주며 "고양아! 고양아! 수정이 눈물 먹어
라." 하고 주문하면 신기하게도 눈물이 멈췄거든요. 나
는 엄마 서랍에서 고양이 인형을 꺼내어 "고양아! 고양
아! 내 눈물 먹어라." 주문하자 정말로 멈췄어요.

"딩동!"

아빠가 왔어요.

"우리 공주님, 여왕님 잘 있었어!"

아빠의 물음에 나는 웃지만 엄마는 여전히 어두웠어요.

아빠가 배고프다고 말하며 옷을 갈아입으려 방에 갔어요.

나는 아빠, 엄마 저녁 식사를 준비하다가 그만 뜨거운 국물을 쏟아서 팔에 작은 화상을 입었어요.

"으앙!"

내 울음에 아빠와 엄마가 놀랐어요.

"데인 거야? 어서 찬물로 샤워해!"

엄마가 황급히 화장실에 가라고 손으로 말해요. 그렇지만 너무 놀라서 울기만 했어요. 그때 아빠가 나를 안고 화장실로 갔어요. 찬물이 닿자 조금 나아졌어요.

"그러게 왜 뜨거운 국물에 손을 대!"

엄마가 큰소리로 야단쳤어요.

아빠와 병원에 갔어요.

"다행히 심하지 않네요. 연고 바르면 나을 거예요."

아빠는 의사의 대답에 가슴을 쓸어내렸어요. 그리고

엄마에게 전화를 했어요.

"여보! 의사가 괜찮대요."

"왜 그랬어?"

아빠가 운전하며 물었어요.

"아빠가 피곤하니까."

나의 울먹이는 말에 아빠가 후~ 큰 한숨을 내쉬었어요. 나도 가슴이 답답했어요.

"나 콜라 먹고 싶어."

탄산음료를 마시면 가슴이 뻥 뚫릴 것 같았거든요.

"목말랐구나."

나와 아빠는 집 앞 놀이터에서 콜라를 마셨어요.

"큭, 큭."

"억, 억."

콜라를 한 모금 마셨더니 트림이 나왔어요. 우린 마주 보며 웃었어요.

아빠는 나를 업고 집으로 왔어요. 문을 여니 엄마가 있었죠.

"다신 그러지 마!"

엄마가 크게 소리쳤어요.

그러고선 붕대 감긴 내 팔을 보더니 으악! 소리를 질렀어요. 그러더니 고개를 바닥으로 숙이며 엉엉! 울어요. 나는 무서워서 아빠 등 뒤로 숨었어요.

"당신 걱정 많이 했구나."

아빠가 엄마를 안으며 말했어요.

"아무것도 해줄 수 없었어."

엄마가 울먹이며 작은 목소리로 말했어요.

"아니야, 내가 부주의해서 그래. 괜찮으니 됐어."

"난 소리만 질렀어요. 수정이가 아파하는 데도 소리만."

아빠가 괜찮다고 하면서 엄마의 등을 토닥였어요.

"수정에게 미안해서 미치겠어. 내가 죄가 많은 걸까? 차라리 없어지는 게 나아. 시설에 보내줘. 갈래."

엄마의 울음에 나와 아빠도 울기 시작했어요. 내 가슴이 투명한 바늘에 찔린 듯이 아팠어요.

"나는 엄마가 필요해!"

내가 사나운 동물이 울부짖듯 크게 외치자 엄마 아빠가 놀라며 나를 봐요.

"나는 엄마가 필요해. 방학에 놀지 못해서 친구들의 얘기에 멍하니 있었어. 그래서 개학 첫날에 슬펐어. 어릴 때 내가 다치면 엄마가 치료해 줬잖아. 엄마 나 아파. 으앙!"

나는 소리 내어 울었어요. 그러자 엄마 아빠가 더 크게 울었어요. 나는 울음을 멈춰야 한다고 생각해서 고양이 인형을 들고 왔어요.

"이건 왜?"

엄마가 훌쩍이며 나를 보았어요.

"우리 가족의 눈물 고양이가 멈추게 하려고요."

내 말에 엄마 아빠가 살짝 웃었어요.

"그래, 정말 멈췄어. 고마워! 수정아."

아빠가 내 머리를 쓰다듬었어요. 그렇게 우리 가족의 상처가 사르르 나았어요.

그날 밤이었어요. 누군가 내 팔을 만지는 느낌이 나서 움찔하며 눈을 떴어요. 엄마였어요. 엄마는 붕대 위로 손을 올리더니 말했어요.

"하나님. 수정이 상처 흉터 없이 낫게 해 주세요."

"엄마!"

내가 부르자 엄마는 얼른 눈물을 닦았어요.

　"또 고양이 인형 필요하겠다."

　나는 웃으며 말했어요. 그리고 엄마를 꼭 안아주었어요. 엄마를 아프게 하는 마음 세균을 사라지게 하는 수정이 약을.

　다음날 아침이었어요. 맛있는 소리가 나서 주방으로 갔는데 엄마 아빠가 나란히 음식을 만들었어요.

　"엄마! 아빠!"

　"우리 딸 일어났어! 어서 씻고 식사해라."

　엄마가 활짝 웃으며 말했어요.

　나는 엄마에게 갔어요. 그러자 엄마가 내 눈을 바라보았어요. 예전의 맑고 따뜻한 눈이었어요.

　"수정아, 미안해. 이젠 울지 않을 게."

　엄마가 나를 꼭 안아주었어요.

　"마음 세균 없어진 거야."

　내 말에 엄마가 자그마하게 "응" 하고 고개를 끄덕였어요.

오늘은 엄마가 해준 밥을 먹어서 힘이 났어요. 나는 활짝 웃으며 교실로 들어갔어요.

"오늘 무슨 일 있니?"

미영이가 물었어요.

진호가 이상하다는 듯이 나를 바라보았어요.

"울보가 오늘 이상하다."

"방학 동안 아픈 엄마 돌봤어."

나는 진호에게 톡 쏘았어요.

집에 오니까 엄마가 활짝 웃으며 나를 보았어요.

"이리 와!"

나는 콩콩 뛰어서 엄마에게 가자 엄마는 나를 꼭 안아주었어요.

"이제 내가 매일 안아줄게."

이젠 집으로 오는 길이 무섭지 않아요. 그리고 고양이 인형도 필요 없어요. 고양이 인형보다 백배 더 강력한 엄마 빨강 약이 있으니까요.

나도 주인이 있어!

또각또각, 타박타박.

"손님이 왔어! 모두 조용히 해!"

할미꽃 장갑이 쉰 목소리로 말합니다.

"오면 뭘 해. 우리에겐 눈길도 안 주는데."

민들레 장갑의 한숨에 공감한 아래 칸의 장갑들이 고개를 끄덕입니다.

"그래도 희망을 품어봐!"

할미꽃 장갑이 희망을 심습니다.

무슨 소리냐고요? 아래로 밀려난 장갑에 새겨진 할미꽃과 민들레의 대화입니다. 많은 사람이 왔어도 유행이 지났다는 이유로 아래로 밀렸거든요. 아래 칸 장갑들은 화려한 장갑만 좋아하는 사람에게 불만입니다.

　"나는 언제 팔리나?"

　백인 장갑이 말합니다.

　"포기해! 우리는 끝났어. 곧 소각될걸!"

　민들레의 섬뜩한 대답에 백인 장갑이 오들오들 떱니다.

　그러자 할미꽃 장갑이 "어허!" 호통칩니다.

　"할머니! 신경 쓰지 마세요."

　벙어리장갑이 방긋 웃습니다.

　"고맙구나."

　할미꽃 장갑의 목소리가 누그려졌습니다.

　"무슨 말을 하는 거야?"

　민들레 장갑은 벙어리장갑과 얘기하는 할미꽃 장갑이 신기합니다.

　할미꽃 장갑은 벙어리장갑을 처음 보았을 때를 떠올

립니다. 열 손가락이 모두 있는 장갑들과 달리 두 손가락만 있는 모습이 친구들에겐 괴물로 보였겠지요. 게다가 언어장애도 있습니다. 벙어리장갑이 '어버버버! 어버버버!' 하고 친구에게 웁니다. 그건 "친구들아! 같이 놀자."라는 뜻입니다. 그러나 장갑들은 "어휴! 끔찍해." "말도 이상해!" "저리 가!"라며 피했습니다. 벙어리장갑은 서럽고 외로워 눈물을 흘렸습니다.

그때입니다. 누군가가 자신을 향해 다가오고 있었습니다.

"울지 마라! 애야!"

할미꽃 장갑이었습니다. 손도 잡아주었습니다. 할머니 손은 따뜻했습니다.

"어버버버! 어버버버!(신경 쓰지 마세요.)"

"고맙다는 게냐?"

벙어리장갑은 소리는 들을 수 있어 아니라고 고개를 흔듭니다.

"아니야?"

할머니가 갸웃합니다.

"어버버버! 어버버버!"

할머니가 말합니다.

"시간이 흐르면 들리겠지."

벙어리장갑이 울먹입니다.

"난 아가씨, 손을 잡고 싶어."

위 칸의 남성용 가죽 장갑이 말합니다.

"그런 일은 없어!"

같은 진열대의 분홍 장갑이 톡 쏩니다.

"알고 있다! 꿈도 못 꾸니!"

가죽 장갑이 눈을 흘깁니다.

"그러다 정들라."

"하하!"

"호호!"

같은 진열대 장갑들이 놀리자 가죽 장갑이 빨개집니다. 분홍 장갑은 더욱 뾰족해집니다.

그런 모습이 부럽기만 한 아래 칸 장갑들입니다. 주인을 찾아갈 수 있으니까요.

"할머니, 저도 주인을 만날까요?"

할미꽃 장갑의 말대로 시간이 흐르자 조금씩 들렸습니다.

"그럼, 너처럼 예쁜 장갑은 반드시 주인을 만날 거다."

벙어리장갑이 활짝 웃습니다.

'너를 누가 산다고.'

민들레 장갑이 비웃습니다.

벙어리장갑의 눈이 축구하는 장갑들에 갑니다. 할머니는 늙었고 벙어리장갑은 손이 두 개라 힘든 놀이는 할 수 없습니다.

'같이, 놀 것이지.'

할머닌 씁쓸한 마음입니다.

이 모든 건 깊은 밤에 이루어집니다.

"전, 왜 다를까요?"

벙어리장갑이 할머니에게 묻습니다.

"하나님만이 아시겠지."

할미꽃 장갑이 엷게 웃습니다.

"괴상해서 선택받지 못할 거예요."

벙어리장갑이 고개를 숙입니다.

"아니야! 누구든 태어난 이유가 있어."

사춘기인지 부쩍 외모에 신경 쓰는 벙어리장갑이 할머니는 가엾습니다.

"할머니 잘게요."

벙어리장갑이 하품합니다.

오늘은 축구를 합니다.

"야! 벙어리장갑에게 패스해."

해님 장갑의 말을 들은 벌 장갑이 벙어리장갑에게 공을 줍니다.

공을 받은 벙어리장갑은 상대를 이리저리 피하여 순식간에 골을 넣습니다.

"와!"

벙어리장갑 팀 환호에 벙어리장갑의 입가에 미소가 살짝 흐릅니다.

"해가 떴다! 일어나!"

벙어리장갑이 굽은 손을 짝 늘립니다.

"좋은 꿈이라도 꾸었니?"

해실거리는 벙어리장갑이 할머니도 좋습니다. 벙어리장갑의 손이 빨개집니다.

"아버지, 이제 헌 장갑들 소각하죠?"

가게 문을 연 아들 사장의 말에 아래 칸 장갑들의 심장이 '쿵!' 내려앉습니다.

아버진 아무 말도 없습니다.

"아버지?"

아들이 재차 묻습니다.

"그렇다면, 새 장갑과 끼워주면 어떠냐?"

헌 장갑이 가여운 아버지에게 말합니다.

"그…… 그러세요."

아버지 고집에 아들이 고개를 흔듭니다.

오랜만에 위 칸으로 올라온 아래 칸 장갑들은 이루 말할 수 없이 황홀합니다. 위 칸의 공기는 여전히 상쾌

하고 전등도 밝고 아름답습니다. 그보다 주인을 만날 수 있다는 게 가장 기쁩니다. 그러나 새 장갑은 그렇지 않습니다. 자신들이 오래된 장갑과 같이 있는 것 자체가 싫은 거지요.

"어휴! 노인 냄새!"

새 장갑들이 투덜거립니다.

민들레 장갑이 "버릇없이!" 하고 발끈합니다.

"할머니도 무슨 말이라도 해 보세요!"

하지만 아무 말도 하지 않습니다.

민들레 장갑의 주름이 더 짙어집니다.

새 장갑들이 말합니다.

"사람은 우리를 사는 거야!"

할머니가 천장을 봅니다. 새 장갑의 말이 맞습니다. 그래도 좋습니다. 어떻든 선택받잖아요. 그리고 운이 좋으면 비상 장갑으로 쓰일지도 모릅니다. 아래 칸에 있으면서 뭐든지 감사하는 마음을 배웠기 때문입니다

벙어리장갑은 예쁜 레이스가 달린 여성 장갑과 짝이 되었습니다. 레이스 장갑의 이마에 굵은 주름이 졌습니

다.

"하필이면 벙어리람!"

그 소리에 할머닌 불같이 화를 냅니다.

"그만두지 못해!"

할머니의 불호령에 가게는 시베리아가 되었습니다.

"드르르."

가게 문이 열렸습니다.

"어머! 원 플러스 원이네!"

딸 애와 같이 온 아주머니가 미소로 장갑을 고릅니다. 장갑들의 눈이 반짝입니다.

"엄마! 이거!"

아이가 벙어리장갑을 가리킵니다.

"이게 마음에 들어?"

그렇지만 망설입니다. 평범한 사람에겐 레이스 장갑이 비싸기 때문입니다.

'아줌마에겐, 내가 어울려요.'

레이스 장갑이 애원하지만, 안타깝게도 사람은 알 수 없습니다.

아주머니가 어쩔 줄 몰라 합니다.

그 모습이 안쓰럽던지 아버지 사장님이 빙그레 웃으며 말합니다.

"옛다! 벙어리장갑 네게 주마!"

"아니에요."

아주머니가 손사래 칩니다.

"아이가 귀여워 주는 거예요."

아버지 사장님의 호의에 아이와 아주머니가 인사합니다.

이 놀라운 광경에 장갑들의 입이 벌어집니다. 레이스 장갑이 벙어리장갑에게 밀린 겁니다.

"할머니, 고마웠어요."

"건강하게 잘 지내라!"

두 장갑의 눈에서 이슬이 떨어집니다.

"넌, 비싸서 팔리기 어렵겠구나!"

아버지 사장이 레이스 장갑을 보고 한숨 쉽니다.

할머닌 어떻게 됐느냐고요? 팔렸습니다만, 집으로 가

자마자 쓰레기통 신세가 되었죠. 그렇지만 슬퍼하지 않았습니다. 묻어가긴 했지만 선택받았으니까요.

우리가족 '설'

'야옹!'

설이가 모녀를 깨워요.

"어서 따뜻해져야 기름 절약할 텐데."

아직 초봄이라 보일러를 켜야만 하는 엄마가 설을 보며 투덜거렸어요.

'전기장판 쓰면 되지 않느냐고요?'

그러고 싶지만, 설(고양이)이가 보일러만 좋아해서죠.

"원! 저리 까다로워서야!"

여러 번 보았지만, 보일러와 전기장판을 구별하는 게 신기한가 봐요.

따가운 시선을 느낀 설이 엄마의 품으로 안겨 애교를 떨어요.

"저리 가! 뭐가 예쁘다고!"

엄마는 빙그레 웃으며 살짝 밀어내요.

그러며 설이와 첫 만남을 떠올려요.

모녀가 함께 집으로 오던 중 '낑낑' 거리는 소리를 들었어요.

그 소리가 '살려 주세요!' 하는 절박함 같아서 온 신경을 집중한 채 더듬더듬 찾았죠. 그 노력이 헛되지 않았나 봐요. 좁은 골목에서 찾았어요.

"어머! 어떡해!"

눈에 묻힌 고양이를 본 민지가 발을 동동거렸죠.

엄마는 서둘러 눈을 걷어냈어요. 몸이 얼음장인 고양이를 만져보는 엄마도 새파래졌어요. 금방이라도 죽을 것 같았죠.

"이걸 어째!"

엄마는 고양이를 들고 뛰었어요. 다행히도 집과 가까 웠죠. 방에 들어온 엄마는 보일러 온도를 높이고 따뜻 한 음식도 주었어요. 그렇게 하루를 보내자 건강하게 깨어났죠.

"야옹!"

고양이는 엄마와 민지를 번갈아 가며 몸을 비볐어요.

"고맙다는 거냐! 호호호!"

"이름은 뭐라고 해요?"

민지가 돌돌 눈동자를 굴렸어요.

"그래! 눈 속에 있어서 설이라고 하자!"

엄마는 방긋 웃었어요.

"설! 좋아요!"

"야옹!"

민지도 고양이도 좋다고 했어요.

엄마는 설이가 눈에 파묻힌 이유를 알아내려 이웃들 에게 물었지만 "모른다."고 했어요. 그래서 탐정 놀이는 그만두었어요.

'그때 전기장판으로 살렸어야 했는데.'

엄마는 입을 삐죽였어요.

설이 가족이 된 후부터 모녀의 일이 늘어났어요. 설을 목욕시키고 식사 주고 대소변을 치우는 거예요. 월, 화, 수는 엄마가 목, 금, 토는 민지가 일요일은 같이 하는 거예요. 귀찮을 때도 있지만, 엄마는 토요일 날 민지가 심심해하지 않아서 좋았어요. 토요일도 일하니까요. 요즘 아이들은 휴일도 학원을 가요. 엄마도 민지를 학원에 보내고 싶지만, 형편이 어려워 보낼 수 없어요.

오늘도 학교 가는 민지와 장애인에게 동화 구연을 가르치러 출근하는 엄마를 배웅하는 '설'.

"오늘도 집 잘 지켜!"

엄마는 활기차게 말했어요.

"안녕!"

민지는 손으로 인사해요.

그런데 오늘은 설이가 "야옹! 야옹!" 저도 따라가고

싶다고 보채요.

"안 된다는 거 알잖아! 맛난 거 사 올게!"

엄마는 설의 보챔이 안쓰럽기도 하고 귀엽기도 해요.

그러자 남편 생각에 엄마의 얼굴이 굳어졌어요.

3년 전이었어요. ○○평생교육 동화구연가 양성과정
에 엄마가 등록했죠. 처음엔 단순한 취미로 배웠는데
지금은 생계에 보탬이 되었어요.

민지 가족은 풍족하지 않았으나 행복했죠. 주어진 것
에 감사하고 만족해하는 가족이어서 웃음이 끊이지 않
았어요. 민지도 아빠와 엄마의 사랑을 받으며 밝게 자
랐으며, 그 사랑에 보답하려 열심히 공부했어요. 영원
히 행복할 줄 알았죠.

그런데 아빠가 암이 생겼어요. 처음엔 위염 정도로
생각해서 약만 먹고 버티었죠. 그러나 완쾌는 되지 않
았고 점점 나빠져서 병원에 갔어요.

의사의 표정이 어두웠죠.

"왜 이제 왔습니까!"

나무라듯 하는 의사의 말투에

"무슨 큰 병에 걸렸나요?"

엄마는 초조한 얼굴로 물었어요.

"그것이……."

의사 선생님이 머뭇거렸어요.

"괜찮으니, 말해 주세요."

아빠는 짐작한 듯 물었어요.

"암 말기입니다."

선생님의 가라앉은 대답에 엄마는 펑펑 울었죠.

아빠는 엄마를 위로했어요.

"수술하면 괜찮을 거야."

그런 후 의사 선생님에게 용기를 주라며 눈을 깜빡이며 말했어요.

"그렇죠?"

"요즘 의료기술이 좋아져서 수술하면 완쾌됩니다."

의사 선생님이 일부러 크게 말했어요.

수술 날이에요.

"건강하게 나올 거야."

엄마는 아빠를 보고서 빙긋 웃었어요.

민지는 울먹였어요.

"혹만 떼면 돼."

아빠는 별거 아니라고 했어요.

엄마도 고개를 끄덕였어요.

엄마와 민지는 활짝 웃으며 수술실로 들어가는 아빠를 보았죠. 그때만큼은 종교는 없지만, 간절히 기도했어요.

수술이 끝이 났어요.

"아빠는요?"

민지가 물었어요.

"잘됐어. 마취가 풀리면 깨어날 거야."

의사 선생님의 말씀에 민지의 얼굴이 밝아졌어요.

그런 후 의사 선생님이 침통한 얼굴로 엄마를 불렀죠.

"죄송합니다. 살리지 못했습니다."

그 말을 들은 엄마는 하염없이 울었어요.

그렇다고 슬픔에 젖어있을 수만은 없었어요. 당장의 생활고가 엄마를 짓눌렀죠. 먼저 기초생활보장 신청부터 했어요. 그리고선 동화를 좋아하는 사람에게 동화구연을 가르쳤죠. 그러자 넉넉하지 않지만, 생활은 할 수 있게 되었어요.

며칠이 지나도 아빠가 보이지 않자, 민지가 물었어요.

"아빠는 어디 있어요?"

"우리집이 갑자기 가난해져서 멀리 돈 벌러 갔어."

엄마는 쏟아 나오려는 눈물을 억지로 참으며 말했어요.

"언제 와요?"

"돈 많이 벌면 올 거야."

엄마는 아빠의 장례식을 숨겼어요.

민지가 충격받지 않도록 하려는 엄마의 사랑이지요.

엄마가 요즘 자주 하는 얘기예요.

"엄마는 장애인에게 동화 구연을 가르치는 게 보람돼. 어눌한 말과 몸을 뒤틀어가며 동화를 구연하는 모습을 보면 눈물이 나와! 그렇지만 한편으론 용기를 얻어!"

그러나 민지는 '어눌한 말과 뒤틀리는 몸을 보고서 왜 용기를 얻을까?' 궁금했죠.

엄마는 평범한 주부였어요. 청결한 성격으로 매일 청소와 빨래를 해서 집에 먼지 하나 없었고 깨끗해진 이불과 옷을 보면 민지는 날아갈 듯 좋았어요. 요리 솜씨도 일품이어서 엄마의 요리를 먹으면 없던 기운도 생겨났죠.

그러나 일을 하면서부터 청소도 빨래도 매일 하지 않고 즉석식품 먹는 날이 대부분이었어요. 민지는 엄마가 게으름뱅이가 된 건 '아빠가 빨리 돌아오지 않아서야.' 생각했어요. 그래서 아빠가 빨리 돈을 벌어와 예전의 생활로 돌아오게 해달라고 매일 하늘에 기도했어요. 그렇게 되면 설이도 외롭지 않을 거예요.

"땡땡땡~"

학교가 끝났다는 종이 울리자 민지는 지루한 몸 한껏 늘렸어요. 그러나 집으로 갈 수 없었죠. 엄마가 데리러 올 때까지 돌봄 수업을 들어야 해요. 민지는 학원으로 가는 친구를 부러운 눈으로 바라봤어요. '아빠가 있으니까. 학원에 가는 것이다.' 생각했거든요. 하지만 외롭지 않아요. 같이 공부하는 친구들이 있었죠.

오늘은 민지가 좋아하는 요리예요. 자신이 만든 요리를 친구와 엄마가 맛있게 먹으면 날아갈 듯 좋아요. 민지는 선생님의 설명대로 정성을 다해서 떡볶이를 요리했죠. 민지의 이마에 굵은 땀방울이 흘렀어요.

"뽀글뽀글."

요리 중이라는 소리가 "삐~" 완성됐다.로 변했어요.

"요리 함께 먹자!"

선생님의 힘찬 구호에 각자 요리한 떡볶이를 오순도순 정답게 먹었어요.

"엄마 왔다!"

엄마의 목소리에 민지가 활짝 웃어요.

"안녕히 계세요."

모녀가 같이 선생님에게 고개를 숙여요.

모녀는 벤치에 앉았어요, 노을이 모녀를 더욱 예쁘게 했어요.

민지가 말했어요.

"엄마! 내가 요리한 거!"

엄마는 민지의 떡볶이를 맛보아요.

"와! 맛있다!"

엄마의 칭찬에 민지의 얼굴이 밝아졌어요.

"설에게도 주고 싶어요."

민지가 말했어요.

"설이는 매운 거 싫어한다."

엄마의 대답에 민지는 실망했어요.

그러자 엄마가 "마트에서 고양이 캔 사자!" 웃으며
말했어요.

"야옹!"

집으로 돌아온 모녀를 설이 반겨요.

"오늘도 잘 지냈어?"

엄마는 설이 등을 쓰다듬었어요.

"외로웠지! 고양이 캔이다!"

그러자 "야옹!(엄마, 고마워요)" 인사해요.

"우리도 먹자!"

엄마는 즉석식품을 전자레인지에 데워요.

민지는 엄마의 요리를 먹고 싶었어요. 그러나 힘든

엄마에게 "엄마 밥 해줘!" 할 수 없었죠.

"오늘도 잘 지냈어?"

"그럼요!"

식사를 마치고 뉴스를 보는데 왕따를 당한 아이가 자살한 소식이 나와요.

엄마는 민지에게 말했어요.

"요즘 왕따가 심하다고 하던데 그런 일 있으면 바로 말해!" 당부의 말에 민지는 "난 강해요. 엄마!" 하고 태권도 주먹 지르기를 했어요.

엄마가 말을 이어요.

"그걸로 안 돼! 따돌림당하는 친구 있으면 보호해 줘야 하고 친구끼리 사이좋게 지내!"

재차 말하자 민지는 잔소리 같아요.

"알았어! 그만해!"

밤이 깊어져 모녀는 이불을 폈어요. 설이도 바구니로 들어가요.

엄마는 꿈을 꾸었어요.

설에게 사료를 주자 다른 날에 비해 급히 먹어요.

엄마가 말려요.

"천천히 먹어!"

하지만 듣지 않아요. 여느 날과는 다른 태도에 엄마는 당황해요.

"천천히 먹어!"

엄마의 목소리가 올라가요.

그러자 설이 엄마 손등을 할퀴어요.

"안 돼!"

비명에 민지가 화들짝 깨어나요.

"엄마!"

민지의 얼굴이 창백해졌어요.

"무서웠구나. 괜찮다."

엄마가 낮은 목소리로 안심시켜요.

그런 후 설이를 보아요.

"후!"

새근새근 잠을 자는 설을 보자 안도했어요.

다음날 저녁에 친할머니가 오셨어요.

"어쩐 일로."

엄마가 움츠러들자 민지의 입술이 삐죽여져요.

할머니가 민지를 보며 야단쳐요.

"계집애가, 사나워서야!"

민지는 얼른 엄마 뒤로 숨었어요.

"친구 집에 놀다가 들렀다."

엄마에게 불만스러운 말투로 대꾸한 후 민지를 보며 "아들이었으면 얼마나 좋아." 넋두리하듯 혀를 찼어요. 엄마의 가슴에 시퍼런 멍이 들어요.

"나 올 거 없다!"

"조심히 가세요."

엄마는 주눅이 든 목소리로 배웅했어요.

더는 참을 수 없는 민지가 엄마에게 화를 내요.

"엄마 바보야! 할머니에게 화도 욕도 해!"

엄마는 조용히 말해요

"그건 엄마가 잘못해서야. 그러니 할머니 미워하지 마."

그러면서 민지를 꼭 안아요.

민지는 엄마가 잘못이 없다고 생각하는 데 어째서 잘
못했다고 하는지 알 수 없어요.

아기와 동물의 공통점은 호기심이 많다는 거예요. 그
래서 더 주의를 기울였어야 했는데.

오늘은 토요일, 설은 엄마만 조용히 깨워요. 민지가
맘껏 꿈을 꾸라는 설이의 배려지요.

"아하!"

엄마가 작은 기지개를 했어요.

"어쩜! 이리 똑똑하니!"

엄마는 자신만 깨운 설이가 기특해요.

민지가 깨어나서 시계를 보니 10시 30분이에요.

"또! 엄마 못 봤네."

민지는 고개를 푹 숙였어요.

엄마가 차려놓은 아침밥을 먹고서 설이와 나들이 갔
어요. 모처럼의 나들이에 흥분한 설이가 이리저리 뛰어

다녀요. 이제 완연한 봄인가 봐요. 알록달록 꽃들이 저마다 예쁨을 자랑했고 사람들의 옷도 가벼워졌어요. 민지도 가벼운 옷으로 꽃의 아름다움을 넋 놓고 보아요.

"설아! 예쁘지?"

설이를 보았으나 감쪽같이 사라졌죠.

"어디에 있어?"

민지는 먼 외진 곳까지 왔어요.

"꽥!"

민지는 소리 나는 곳을 보자 설이가 괴로워하며 바들바들 떨어요.

"설아!"

민지가 겁먹은 목소리로 외쳤어요.

"어떡해!"

그리 말한 후 황급히 엄마에게 전화해요.

"왜?"

"엄마! 설이가 죽을 것 같아!"

민지의 울먹이는 목소리에 엄마의 심장이 요동쳐요.

"민지야, 천천히 말해 봐."

엄마가 부드럽게 안심시켜요.

"꽥! 꽥!"

전화 너머로 설이의 괴로움을 들은 엄마가 목이 막혔다는 것을 알았어요.

'그 꿈!'

엄마의 얼굴이 일그러져요.

"먼저 119에 전화해!"

엄마가 알려주자

"어딘지 몰라."

민지가 당황해요.

"119 아저씨가 찾아갈 거야."

(민지 휴대폰 위치 추적이 되게 했거든요.)

"알았어."

"무엇을 도와드릴까요?"

"아저씨! 설이가 죽을 것 같아요. 그런데 어딘지 몰라요. 엉! 엉!"

"네 동생! 알았다. 이름이 뭐니?"

설이라 해서 사람인 것으로 알은 119 아저씨가 서둘

렀어요.

"김 민 지!"

빨리 찾으라고 또박또박 말했어요.

"조금만 기다려 금방 갈게."

"설아, 조금만 참아."

민지가 설이 등을 쓰다듬었어요.

"위웅~ 위웅."

119구급차 소리에 민지가 손을 세차게 흔들어요.

"김 민 지! 여기요!"

구조대 아저씨 2명이 들것을 들고 급히 뛰어요.

"동생은?"

"설아! 이젠 괜찮아."

구조대 아저씨가 허탈해해요.

"설이 살려주세요!"

민지가 구조대 아저씨를 보며 울어요.

"그래도 다행이네."

구조대 아저씨는 한숨을 쉬었어요.

"알았다. 동물병원에 데려다줄게."

엄마가 동물병원에 왔어요.

"설은?"

황급히 설의 상태를 물었어요.

"지금 수술해."

민지가 떨며 말했어요.

모녀는 초조하게 수술이 끝나길 기다렸어요. 1초가 1시간 같았어요.

수술이 끝나고 설이가 나왔어요.

"무사한가요?"

엄마가 의사 선생님에게 물었어요.

"네! 성공입니다. 마취가 풀리면 깨어날 겁니다."

의사 선생님이 활짝 웃었어요.

"고맙습니다!"

"고맙습니다!"

모녀는 거듭 고개를 숙였어요.

설이가 마취에서 깨어났어요.

"얼마나 걱정했는지 알아! 다음부터 아무거나 먹지 마!"

엄마가 기쁨의 눈물을 흘렸어요. 민지도 악의 없는 눈빛을 흘겨요.

그러자 설이 민망한지 두 손으로 얼굴을 가려요.

신성바위

xx 아파트 정원에 알록달록한 예쁜 꽃들과 함께 사는 잡초가 있었어요. 그 잡초는 항상 꽃들에게 멸시와 조롱을 받았죠.

"저리 가! 못난 게!"

개나리가 잡초에게 화풀이해요.

"왜 내게 그래!"

잡초는 더듬더듬 대꾸했어요.

"넌 꽃 정원에 어울리지 않아!"

개나리가 눈을 흘기자 잡초는 눈물을 흘려요.

"못된 것들! 그만두지 못해!"

할미꽃의 호통에 모두 조용해져요.

"각자 아름다움은 다른 거야. 특별히 아름다운 꽃은 없어. 너도 아름다움이 있어."

할미꽃이 잡초를 위로하였음에도 잡초는 울먹였죠.

잡초의 친구는 할미꽃이에요. 같이 놀고 책도 읽고 시장도 같이 가지만, 친구와 어울리고 싶어 했죠. 그런 잡초가 할미꽃은 가여워요.

잡초는 별을 바라봐요.

'별님, 왜 저를 못나게 만드셨나요? 미워하나요?'

흐느꼈어요.

"왜 우니?"

나무 그늘에서 쉬는 바람이 물었죠.

잡초는 사연을 말했어요.

"저런!"

잡초의 얘기를 들은 바람이 울먹였어요.

"내가 사는 숲에 가지 않을래? 그곳은 평등하단다."

바람의 말에 잡초는 머뭇거렸어요. 할미꽃이 생각나서죠.

그러나 한 번이라도 친구와 놀고 싶은 잡초는 "가겠다고!" 했어요.

"바람님! 잠깐만요!"

할머니, 갑자기 떠나 죄송해요. 전 바람이 사는 숲에 갈래요. 그곳은 평등해서 친구들과 놀 수 있대요. 그동안 감사해요.

잡초는 나뭇잎에 편지를 쓰고 바람과 함께 숲으로 갔어요.

밤하늘은 고요해요. 잡초는 별의 자장가를 들으며 처음으로 달콤한 꿈을 꾸었죠.

"어서 일어나!"

바람이 깨우자 잡초가 일어나요.

"좋은 꿈이라도 꾸었니?"

바람의 물음에 잡초는 고개를 끄덕여요.

"여기에요?"

잡초가 주위를 둘러봐요. 하늘엔 햇살이 온화하게 웃고 아기 구름은 재잘거리며 즐겁게 놀았어요. 그리고 하얀 토끼들과 사슴은 풀과 흐르는 강물을 마셨고 알록달록한 꽃들과 우람한 나무들은 나른한 낮잠을 잤어요.

"와!"

잡초는 아름답고 평화로운 모습에 절로 감탄사가 나왔어요.

'땡, 땡, 땡.'

방울꽃이 바람이 왔다고 알려요.

"바람님! 오셨어요!"

"세상 이야기해 줘요!"

숲 속 가족이 재촉했어요.

"소개할 친구가 있다!"

숲은 일제히 잡초에게 집중해요.

"아주 먼 동네에서 온 아기 잡초야! 모두 반갑게 맞아 줘!"

바람의 소개에 해맑게 웃으며 반겨주었어요.

잡초가 환영을 받는 시간, 할미꽃은 편지를 보며 아

쉬운 눈물을 흘려요.

'그곳에선 행복해!'

진심으로 바랐어요.

잡초는 하루하루 친구들과 즐겁게 지냈어요. 그러는 사이 지난 슬펐던 일은 점점 사라졌죠.

아침 해가 떠오르자 숲은 기지개를 켜요. 잡초도 밤 동안 옹크렸던 몸을 한껏 늘렸죠.

오늘 놀이는 공차기예요. 데굴데굴, 뻥뻥. 공은 신나게 달려갔죠.

"뻥!"

방울꽃이 찬 공이 멀리 갔어요.

"내가 가져올게!"

잡초는 친구들에게서 점점 멀어졌어요.

"어디에 있지?"

한참을 두리번거리는 잡초에게 묵직한 소리가 들렸죠.

"여기 있다!"

공은 움푹하고 거친 바위 아저씨 옆에 있었어요. 잡
초가 주변을 보았죠. 황량하고 조용했어요.

"고마워요!"

잡초는 아저씨가 금방이라도 눈물을 흘릴 듯 슬픈 이
유를 알고 싶었지만, 친구에게 가야 해서 돌아갔어요.

별들이 반짝거리는 밤이 되었어요. 친구들은 콜콜 잠
을 잤지만, 잡초는 낮에 만난 바위 아저씨에게 갔어요.

"아저씨!"

"잡초가 아니냐!"

"아저씨는 무엇으로 슬픈 눈이 되었어요?"

"별걸 다 묻는구나!"

"들려줘요!"

아저씨는 잡초의 거듭된 부탁에 "아무도 찾지 않아
외로워서." 젖은 목소리로 들려주었어요.

"그랬구나! 흑흑!"

잡초는 펑펑 울어요.

"제가 있는 곳으로 가요!"

"고맙지만, 움직일 수 없어."

해는 밝았지만, 잡초는 골똘히 생각해요.
'세상은 어째서 불공평할까?'
아저씨가 지난날 자신과 같았거든요.
"왜 그래?"
잡초는 민들레의 물음에 얘기했어요.
"바람에게 도움을 청해. 해결해 주실 거야!"
잡초는 바람에게 부탁해요.
"방법이 있는데 네게 엄청난 고통이야!"
"그래도 좋아요!"
"그건 너를 바위에게 주는 거야. 그러면 여름의 따가움도 겨울의 칼바람도 고스란히 받아. 그래도 할래?"
잡초는 잠시 망설였으나, 외로움이 얼마나 큰 고통인지 알기에 하겠다고 했어요.

"이번은 무슨 일이야?"
"제가 아저씨 옷이 되겠어요!"

바람은 거절했어요.

"그래도 하겠어요!"

잡초의 아름다운 마음에 아저씨가 울어요.

시간이 흘러 사람들이 바위를 발견해요.

푸른 바위가 마치 하나님의 푸른 보석 같았죠.

그래서 사람들은 저마다 감탄했어요.

"아름답다!"

"이 바위는 하늘의 바위일 거야!"

그날부터 소원을 비는 사람들이 많이 찾아와서 바위와 잡초는 행복했죠.

표지 및 본문 그림
강자인 id@dororong07

날아다니는 별

1쇄 발행일 | 2022년 7월 30일

지은이 | 손성일
펴낸이 | 정화숙
펴낸곳 | 개미

출판등록 | 제313-2001-61호 1992. 2. 18
주소 | (04175) 서울시 마포구 마포대로 12, B-103호(마포동, 한신빌딩)
전화 | (02)704-2546
팩스 | (02)714-2365
E-mail | lily12140@hanmail.net

ⓒ 손성일, 2022
ISBN 979-11-90168-47-2 03810

값 12,000원

*이 책은 문화체육관광부, 한국장애인문화예술원의 후원을 받아
2022년 장애인 문화예술 지원사업의 일환으로 발간되었습니다.